Barcella

Barcella débute sa carrière d'auteur-compositeur en 2010. Il recevra de nombreuses distinctions dont les Prix Barbara et Charles-Cros. En musicien des mots, il enrichit son univers de textes et de contes et crée en 2017 à Reims le Charabia Festival dédié à la poésie et à la chanson française. Son premier roman, *Les Papillons*, est publié au cherche midi en 2021.

LES PAPILLONS

BARCELLA

LES PAPILLONS

cherche
midi

ISBN 978-2-266-32297-3
Dépôt légal : mai 2022

À nos mères.

Même si le bonheur t'oublie un peu, ne l'oublie jamais tout à fait.

JACQUES PRÉVERT

Amie, je ne compte plus les douleurs assassines
Ni les fils décousus que nos larmes dessinent
Je me laisse emporter par l'écho délicat
Qui jadis enchantait le doux son de ta voix

Un brin de nostalgie butine à mon oreille
Lorsque tout est fini vibre l'essentiel
La chance d'avoir goûté le bonheur avec toi
Et d'avoir su chanter à l'ombre de tes pas

Chanter tel un oiseau qui s'est brisé les ailes
Scellé au diapason d'une vie de tourterelle
Si c'était à refaire, je jouerais chaque mesure
Qu'y jaillisse la lumière à travers les fissures

Merci pour le bon temps et tant pis si l'on dit
Qu'ainsi souffle le vent. Ainsi va la vie
Merci pour ces nuées parfumées de l'histoire
Qui façonnent les reflets muets de nos miroirs

*

Je suis allé chiner ces mots pour une chanson partagée avec Paris Combo, il y a quelque temps déjà.

Et comme autant de graines qui se mirent à pousser, ils m'insufflèrent l'envie d'en écrire un roman.

Puisse-t-il vous émouvoir.

Je laisse Alexandrin vous conter son histoire.

Barcella

1

Triste fleur

Diable ! Du cœur et de l'âme des femmes, il ne restait rien en cette créature !

Assise en face de moi, à buller son chewing-gum, elle fusillait mes yeux et dévorait ma bouche avec une insistance qui m'inspirait bien plus de peur que de désir. Mylène était pimbêche, péniblement loquace, fort étroitement vêtue. On lui voyait la pêche tant sa jupe était courte, et elle prenait son pied à cueillir les regards des passants médusés, minaudant à l'excès dès qu'elle sentait une touche. C'était une âme cupide, allumeuse aguerrie, façonnée avec soin par les modes éphémères et le qu'en-dira-t-on. Emballage tape-à-l'œil, décolleté crapuleux : ficelée comme une paupiette, elle débordait un peu.

J'aimerais vous la dépeindre avec moins de cynisme et plus de poésie, mais elle était ainsi. Indéniablement creuse. Cruche eût été trop doux. Et c'est à moi somme toute qu'elle piétinait la patte sous la table dressée. À quérir l'attention ou plutôt la tension en agissant de la sorte, elle lançait ses hameçons à qui voulait s'y pendre, cherchant son poisson rouge, indubitablement.

Observateur muet, je lisais dans son jeu toute la futilité d'une vie insipide. Il lui fallait briller à défaut d'éclairer. Là était toute sa quête ! Qu'on la voie, qu'on la veuille, qu'on ne jure que par elle. Voilà toute l'ambition qu'elle maquillait à peine, bien qu'elle eût du ricil jusque sur les pommettes. En d'autres termes : son cul guidait son cœur.

« J'ai toujours eu un faible pour les hommes de pouvoir, mâchouilla-t-elle sans gêne, d'une voix dont les aigus pouvaient s'apparenter à un grincement de fourchette.

— Moi, pour les femmes vénales », répondis-je cyniquement, persuadé ici que le fourbe adjectif dont je la décorais effleurerait son oreille gauche pour ressortir par la droite sans toucher son neurone.

Sans faux espoir, la téléréalité avait enfanté sa génération de décérébrés pour qu'en ce 11 juillet Mylène Bourdon – ce n'est pas moi qui l'invente – galope fièrement en tête de cet inquiétant cortège regroupant tout un écosystème de fashion victimes en quête d'expansion.

« J'parie qu't'aimes les filles faciles ! enchaîna-t-elle sans filtre.

— Comment te dire ? J'aime sans doute assez facilement les filles, il est vrai, mais les filles faciles…

— Tu r'veux un chewing-gum ?

— Non, merci. »

Une fin du monde sur pattes !

Je l'avais pressenti pourtant et m'étais fagoté de circonstance : bermuda froissé, chemisette bleue à moitié boutonnée. J'avais encore confié le lundi au dimanche, et j'étais mal rasé. C'est dire mon enthousiasme.

Las, j'observais ses lèvres sèches de toute tendresse balbutier ce venin qui me coupait l'envie. Ses études avortées, ses deux chats morts trop tôt, son père bien trop absent, ses copines incapables de comprendre son drame… Elle qui n'avait pas eu assez d'argent de poche pour se refaire les seins. J'étais mal dans *sa* peau ! Elle avait un problème pour chaque solution et s'en portait très bien. C'était là sa manière d'avancer dans le tambour du monde.

Revers de la médaille : je trinquais en pâle élu de cette loterie sans âme à laquelle s'adonnait toute ma génération. Nous nous étions « likés » sur un supermarché en ligne de cœurs à prendre.

Mylène y avait bien sûr survendu son profil. Elle n'était ni « sensible » ni « poète à ses heures ». Non. C'était juste une endive qui, pour se sentir fraise, s'inventait un reflet qui n'était pas le sien. « Mademoiselle Marguerite. » Ça prêtait à rêver… Je l'avais imaginée un peu plus élégante, un peu moins tapissée. Mais à la voir en vrai, elle avait plus d'une ronce que d'une fleur vertueuse.

Ces récits d'infortune, ces filles de l'apparence… Tout cela m'amenuisait. Je savais pourtant bien que les sites de rencontres qui nous promettent l'amour en lettres capitales… Bref. Ce n'était pas la première qui noircissait mes heures. Alors, en automate, je souriais bêtement et dodelinais en rythme pour enfouir mon mal-être et mes besoins d'ailleurs sous mes airs déguisés.

À l'écouter parler, elle avait tout pour elle, et pas grand-chose pour moi, à part ce feu aux fesses qu'elle voulait que j'éteigne. Mais, j'étais ébéniste, pas pompier pour un sou, et n'étais plus d'humeur à lui frotter la lampe, fût-elle géniale au lit.

Seul, je la contemplais rétrécir mon espace, désabusé d'avoir cru qu'elle pût être touchante avant d'être touchée.

Triste fleur.

Savait-elle que j'aimais tout ce qu'elle n'était pas ? Les filles simples, pudiques, dont la beauté vous prend au détour d'un sourire ? Celles dont on croise la route sans les avoir cherchées, parce que la vie s'en mêle quand on ne s'y prépare pas, quand on ne les attend plus, quand le sucre vous prend comme une envie d'aimer ?

2

L'envol

Nous étions là pourtant en ce mois de juillet, à la terrasse heureuse du Café des Lilas. L'océan nous berçait, le soleil flamboyait, inondant les visages qui parsemaient la toile de ce tableau rétro. Une joyeuse ribambelle de marmots insouciants courait à deux pas du manège tournicotant au large. Les anciens « pastissaient » et jouaient à la pétanque en dépit des sciatiques. Un artiste de rue jonglait avec de l'eau, défiant la pesanteur sous les yeux médusés des familles en poussettes qui prenaient deux-trois gouttes. La place était bondée, assiégée de touristes aux allures improbables. Des Anglais à moustache, des Écossais en kilt, des Français en marcel, et quelques rares vedettes en mode incognito.

Je n'avais pas trente ans. Pas trente ans face à elle, lorsque malgré l'offrande de ses seins sulfureux, je sentis la tristesse tapoter à ma porte. Tout n'était qu'imposture. Mylène me fatiguait et je me divisais.

Elle me posait question sur l'avenir de l'homme et sur l'involution de nos âmes en déclin. Insensiblement, je m'absentais. La machine s'enrayait… Il manquait quelque chose… Comme une ode oubliée aux tréfonds de mon être. Ici, au creux de mon nombril, un chant s'était fané.

Je divaguais entre deux mondes. L'un était intérieur, l'autre sans intérêt.

Bien sûr, la blonde Mylène attirait les regards. C'était un phare en mer. Mais tel un fade shampooing bon marché, elle me piquait les yeux. D'autres la convoitaient sur les tables voisines. Il y avait ici-bas tout un vaste aquarium. Mais que pouvais-je y faire ? Elle ne m'inspirait rien… Pas le moindre sursaut. Mon appétit d'antan semblait s'être échoué sur les plages de l'ennui.

Le flux ininterrompu de son monologue m'insupportait chaque seconde un peu plus, et je rêvais dès lors de lui couper la langue. J'en conviens tout à fait, c'eût été maladroit ! Mais si vous l'aviez entendue :

« Et gnagnagni, et gnagnagna. Et pour qui ? Et pour quoi ? Oui, mais la société… Et moi, et moi, et moi. Et mon, et ma, et mes… » Un tout-à-l'ego.

Elle semblait ne voir qu'elle, assise à toutes ces tables.

Jusqu'à ce qu'elle court-circuite ! Bim !

C'est arrivé comme ça, entre deux mièvreries.

« Alors, *au cas où si* tu voudrais me l'offrir pour mon anniversaire, tu le trouveras à la parfumerie des Églantines… Il est en solde.

— Attends… Excuse-moi ? Qu'est-ce que tu as dit ?

— Soldé. Moins cinquante pour cent. C'est pas rien !

— Non, juste avant ?

— *Au cas où si* tu voudrais me l'offrir… »

Stop. Pause. Temps mort.

Il faut raison garder. Analysons la chose de manière objective : « Au cas où si » ???

J'en perdais une oreille. Parce que « au cas où si »… C'était juste inaudible. Ce genre de chaos linguistique avait de fait tous les atours pour éteindre le cœur des amoureux des mots !

Je n'eus pas de mal à déduire qu'elle ne serait pas mon style même dans la vie d'après, tant sa conversation se limitait à elle. Mais là, je débandais, syntaxiquement parlant.

Une voix sourde et lointaine s'offrit à mon esprit. Que m'arrivait-il donc ? Pourquoi m'interdisais-je cette parenthèse charnelle ? D'où venait cette tristesse paralysant ma fougue ? Mon appétit coquin pour la gent féminine avait-il pris congé ?

Non, ce n'était pas ça. Il y avait autre chose. Une vague souterraine me remontait au cœur. Cette étrange sensation soudain s'intensifiait.

Alors qu'elle matraquait ses mots de pacotille à mon masque menteur, je me sondais tout bas.

Fais silence, me disais-je. *Concentre-toi. Écoute. Là... Plus bas... Par ici... Cherche ce qui n'est plus. Ne sens-tu pas le vide qu'ils ont laissé en toi ? Peux-tu saisir l'impact de leur disparition ? Tu ne les ressens plus, n'est-ce pas ? Eh bien... C'est parce qu'ils se sont tus et s'en sont tous allés. Lassés de vivre ainsi, lassés d'aigreur, lésés. Tu ne les chérissais plus. L'amour te les a repris !*

Un éclair traversa mon esprit. « Et la lumière fut ! » Je comprenais dès lors qu'il s'agissait bien d'*eux*. Je les savais ici depuis ma tendre enfance, fidèles et valeureux. Jamais je n'aurais cru qu'ils étaient malheureux au point de me laisser, orphelin misérable. Mais… les papillons… Les papillons… pardi ! Les papillons n'étaient plus là ! Mes précieux lépidoptères avaient quitté leur nid. Ils avaient déserté mon ventre.

La tristesse m'envahit et les larmes montèrent sans pour autant perler. Comment ferais-je dès lors pour avancer sans eux ? Pour dévorer le monde, pour tomber amoureux ? Ce bruissement céleste qui jadis m'enchantait s'était cousu les lèvres en plein mois de juillet sous un soleil de plomb. Plus un battement d'ailes, plus une mélopée. Comme si l'océan s'était évaporé dans la nuit, sans prévenir. Homme à l'amer…

Il régnait un silence abyssal en mon triste abdomen. Lorsque, pris dans mes songes, à l'affût de leurs chants, je fus coupé en deux par une voix cinglante qui me ramena aux pieds de la triste Mylène.

« Bon, mon doux rêveur, il est temps d'atterrir ! T'es mignon mais j'ai pas la journée ! vociférait Yvonne, la sainte patronne des lieux. Avec le kir royal de la demoiselle, ça nous fait dix quarante. Et pis, si t'as des pièces, moi, ça m'arrange grandement. »

À moitié étourdi, je sortis quinze euros. Son visage s'éclaira, et elle battit des cils. On eût dit une enfant devant une pêche melba.

« Je te rends la monnaie ou je te chante une chanson ? » poursuivit-elle gaiement.

On lisait sur ses joues l'embonpoint du bonheur, et je la savais tendre sous ses faux airs d'ogresse. Yvonne était une vieille amie, un brin louve, très aimante. Je lui laissais le tout absorbé par mes craintes.

« Ben, fais pas cette tête-là ! Tu vas la revoir, ta mère ! »

Elle chercha mon sourire : en vain. Meurtri, je raccompagnai mon rendez-vous raté à ses conquêtes futures, persuadé dès lors que jamais à l'avenir je ne la reverrais.

Enfourchant sa Vespa, un peu vexée tout de même de me voir la quitter, et, après s'être remordillé les lèvres, en un ultime et langoureux trouble obsessionnel compulsif, elle disparut dans un nuage de fumée dont plus jamais je n'oublierais l'odeur irrespirable. Une odeur morne, délétère, fétide, nauséabonde. L'odeur du désamour. Celle du jour où j'ai perdu mes précieux papillons.

Il était quinze heures trente ce dimanche 11 juillet, et j'avais vingt-sept ans, l'âge où les étoiles meurent.

3

Épiphanie

Kurt Cobain, Jimi Hendrix, Jim Morrison, Janis Joplin, Amy Winehouse, Jeff Buckley, et mon tendre papa.

Toutes ces stars flamboyantes, ces étoiles écorchées avaient dû rendre l'âme à cet âge fatidique. Comme si ce qui venait après ce chiffre-là n'avait plus le même goût, plus la même poésie. Mes héros le savaient.

Je n'avais pas leur talent bien sûr, mais la seule qualité véritable en mon sein était mon goût d'aimer à m'en user les ventricules. C'était d'ailleurs mon unique don lorsque j'étais marmot. Aimer sans retenue, les fragiles et les durs, les jeunes comme les anciens, même les grands-mères à barbe. On m'appelait « petit loup ». C'est dire si j'étais doux. Mais voici qu'à présent mon cœur me trahissait. S'était-il résigné ? Il sautait un battement. Que s'était-il passé ? Était-ce un sortilège dont j'avais hérité ? Tout tournoyait si vite.

Alors même que mes pieds foulaient le sol brûlant, je pleurais à présent, découvrant en errance au creux de ma poitrine la peine du malandrin qui se sent délaissé. Quelle étrange sensation. La vie perdait son sens. J'avais laissé mourir l'enfant qui m'habitait.

Il est fou qu'un instant puisse vous mettre en émoi et que celui d'après puisse vous couper la chique. On prend seulement conscience lorsqu'ils ne sont plus là que tous ces papillons rendaient nos vies magiques. C'est une chose bien commune.

Mais alors, soudainement, de mes buissons ardents, comme descendue du ciel, une voix d'autrefois me proféra ces mots :

Alexandrin... Alexandrinnnn, mon enfant... Souhaites-tu retrouver tes papillons ?

J'acquiesçai pudiquement. Les mots ne venaient pas.

Dans ce cas, jeune étourdi, il te faut simplement... réapprendre à aimer.

Son grain portait au loin, comme une musique enfouie qui cherchait mon éveil. L'écho se dissipa, laissant place au silence.

Réapprendre à aimer ? Réapprendre à aimer... Aimer ? Que voulait dire ce mot ? Je l'avais oublié.

Il est vrai que, depuis mon entrée au collège, abîmé par un monde dépourvu de tout sens, plongé sans doute trop vite dans le bain frénétique des folies collectives, je m'étais dessiné un personnage guerrier. L'adolescence est une cruelle épreuve pour les tendres rêveurs. Elle inflige des fardeaux dont on peine à s'extraire : singer, paraître, se taire. J'ai conjugué tout cela pour éviter les coups, et j'ai suivi la meute pour ne pas être l'agneau. Enfouissant ma tendresse sous mes cheveux hirsutes, j'y ai plus qu'étouffé ma sensibilité. Endossant mon armure, je m'y suis oublié pour naître aux yeux des autres. Qu'elles soient rousses, brunes ou blondes, je les ai butinées, sans y être vraiment, sans y mettre mon âme.

À y voir de plus près, je n'étais pas si différent de Mylène.

Les Agat(h)es, les Jades, les Ambres, les Rubis... Tant de pierres scintillantes jadis collectionnées. Tant de fleurs délicieuses aux racines de mon lit, tant pour prendre conscience que je n'avais pas aimé. De toute évidence, non ! Non, je n'avais pas aimé. Baiser... n'est pas aimer.

À quoi cela rime-t-il si l'on y réfléchit ? J'ai endossé un rôle, mais je n'ai rien construit. Rien de beau, rien de vrai. Que du vil ! Comme un triste théâtre, une piètre comédie, c'est triste à en pleurer. Ou suffisamment triste pour que mes papillons se laissent mourir de faim et peinent à virevolter.

Qu'est-il advenu d'eux ? Où se sont-ils cachés ? Où fuit l'enfant perdu lorsqu'il est oublié ?

Je restais là, cloué sur le bord du chemin, assis sous l'Abribus. Le mien n'arrivait pas. Le bruit assourdissant de la ville pour refrain était le juste reflet de mon cœur aux abois.

« Avoir n'était pas être. » Je l'avais lu pourtant sur les murs de ma ville. Une singulière artiste, l'autoproclamée « Duchesse des bons conseils » le griffonnait sans cesse à tous les coins de rue pour tous nous prévenir de la futilité.

Le temps sembla se figer comme pour me signifier sa triste déception. Sans doute aurait-il lui aussi souhaité que je le considère davantage, que je l'utilise mieux.

Et puis…

Du cœur de cette amertume, alors que tout mourait à l'intérieur de moi, sans trop savoir pourquoi, le destin me sourit. Les dieux me vinrent en aide. J'entendis cette voix inconnue jusqu'ici. Je sentis ce parfum que je n'oublierais plus et fis taire mon chagrin lorsqu'elle m'apparut. Comme descendue des cimes où résident les étoiles, telle une épiphanie…

Elle s'appelait Marie. C'est l'anagramme d'aimer. Je l'ignorais alors.

Je le sais à présent.

4

Les alexandrins

« Excusez-moi. Je cherche le Café des Lilas. On m'a dit dans cent mètres, à partir de la grande horloge. Mais j'ai dû m'égarer. »

Assis seul sur ce banc, la tête entre les mains, sa voix sucrée, fluette s'en vint cueillir mon âme. Un accent singulier, pétillant à l'oreille. Ses *u* suintaient les *ou*, ses *e* feintaient les *é*. Chaque note chantait la vie. Telle une gourmandise, une onde que l'on boirait avec soif au goulot, elle m'enveloppa d'un charme dont je ne sus me défaire.

Je vis d'abord ses pieds dans ses ballerines dorées, puis les bracelets de cheville qui les illuminaient. Ils étaient si mignons, si petits, si parfaits. On aurait dit qu'Esthète, le dieu des proportions, les avait dessinés.

Impact dans deux secondes...

Une robe en coton cousue de main de nuage. Cadence, tambours, envol, palpitations soudaines. Mon cœur s'« engalopait » tel un cheval fougueux.

Impact dans une seconde...

Le soleil derrière elle inondait ses cheveux, lui offrant une couronne d'un or éblouissant. Contre-plongée céleste…

Les yeux bleus, la peau mate, une bouche « pain d'épices », une poitrine à faire battre un cœur végétatif… Élancée, la vingtaine, sublime apparition. Qu'avait-elle à offrir, si ce n'est des papillons ? Et puis, sa main légère atterrit en tendresse sur mon enclume d'épaule.

Impact !

Je me fis foudroyer !

« Jeune homme ? Oh oh ? Y a quelqu'un ? »

Médusé, je répondis d'une voix légèrement voilée :

« Euh… Oui… Excusez-moi. J'errais dans mes pensées. En fait, les Lilas, c'est juste derrière vous. Faites un petit demi-tour et… »

Elle se retourna, légère comme une bulle de savon. Confuse, elle me sourit alors.

« Ah ! Suis-je cruche ?!? Comment ai-je fait pour passer à côté sans le voir ? C'est écrit en toutes lettres. »

Je tentai discrètement de sécher quelques larmes, osant m'improviser philosophe du dimanche.

« Oh, vous savez, il arrive parfois qu'on ignore l'essentiel. C'est là devant nos yeux, et… »

Je retins mon souffle encore un peu groggy.

« Et puis l'on se rend compte, quand tout s'est effacé, que ce Tout vibrait là, juste sous notre nez. »

Elle me dévisagea, hésita un instant avant de demander avec délicatesse :

« Pardonnez-moi, mais vous… pleurez ? »

La discrétion, ma foi, n'était pas mon atout. Il subsistait une larme sur le creux de ma joue.

« Moi ? répondis-je rougissant. Non. J'ai les yeux fragiles. Le soleil s'en amuse, voilà tout ! »

De nouveau, elle marqua une très courte pause avant de reprendre timidement :

« Il n'y a pas de mal à pleurer vous savez. Pleurez sur mon épaule, j'ai… le cœur parapluie. Si cela vous soulage. »

Je n'ai pas su répondre avec des mots utiles. J'aurais dû luire dire « OUI » en lettres capitales. Mais je n'ai pas osé.

« Je vous assure, je ne pleure pas. Ça va aller, merci.

— Oh, à d'autres ! répliqua-t-elle. J'aimerais croire que mon charme naturel vous a mis dans un tel état, mais à moins que vous ne soyez allergique aux lilas, vous pleurez comme un homme.

— Que voulez-vous dire ?

— Ben… sans assumer. Vous vous cachez. Vous faites semblant. »

J'idéalise sans doute mes souvenirs d'alors, mais dévorant ses mots avec délectation, je m'abreuvais enfin d'un air plus inspiré et l'écoutais parler tout en alexandrins :

« Allez-y, pleurez, moi, ça n'me dérange pas. J'ai bien plus peur des gens qui gardent tout en eux. La colère, la rancœur, la tristesse, tout cela… Ça nourrit le malheur, puis ça vous brûle les yeux. On n'voit plus la beauté qui s'offre à nous chaque jour. On est trop entêté à noyer son chagrin. On pense être passé à côté de l'amour, prisonnier déguisé en rêveur clandestin… Non ! Laissez-vous cueillir par les larmes salées. Elles sont le point de mire d'un nouvel horizon. Vous vouliez vous enfuir ; moi, je vous offre une clef. À vous de vous sortir des murs de cette prison. »

Je restai là, sans voix, muré dans mon silence.

« Ne vous retenez pas, lâchez-vous pour de bon. Pleurer, c'est laisser cours à toutes ses émotions, c'est vider la bassine, c'est régler l'addition. »

Vider la bassine ? L'image me percuta :

« D'où sortez-vous donc une telle expression ? »

Elle s'assit près de moi, prit ma main dans les siennes puis saisit mon regard, empathique.

« Ma grand-mère disait ça pour nous réconforter. Elle avait un cœur pur et des mots édredons. Petites, ma sœur et moi, nous étions des *chougnieuses*, enfin…

— Des chou-quoi ?

— Des *chougnieuses* !

— Vous voulez sans doute dire des *chouineuses*, non ? »

Dieu que sa maladresse la rendait succulente ! Et cet accent, toujours… Comme un air de cigale.

« Ah ! Oui, c'est ça ! Des *chouineuses* ! Des pleurnichardes, quoi… De petites fleurs fragiles si vous le préférez. Bref ! On *chougnait* pour un oui, pour un non. Et mamie nous disait souvent : “Pleurez, mes filles. Les larmes ont du bon. Ne les retenez pas. Chacune est une leçon. Les larmes sont utiles pour qui sait les comprendre, et ceux qui les méprisent finiront par se pendre. J'en connais quelque chose…” »

L'espace d'un court instant, son visage s'obscurcit puis elle revint à elle :

« Elle savait tout ma grand-mère. C'était un livre ouvert. »

Mais rien n'est éternel et la roue tourne vite. Voici donc que la belle alors se releva. Ce fut la fin, je crois, de ses alexandrins. Le retour à la prose commune du quotidien.

« Bon, je dois filer. J'ai rendez-vous avec ma sœurette et je ne voudrais pas la faire attendre. Mais réfléchissez à tout ça, et, le moment venu, pleurez donc un bon coup ! Ça ne peut pas faire de mal. »

J'aurais dû la retenir mais tout alla si vite. Et, aspiré lentement par un doux précipice, je lui demandais juste si elle avait un nom. En hâte, elle répondit :

« Bien sûr ! Moi, c'est Marie. Marie Mariposa. »

— Mariposa ?

— Oui. C'est d'origine espagnole. En français, ça veut dire papillon. »

5

Lépidoptériste

Mon bus arriva. J'aurais voulu rester et la suivre à sa table. Mais… Sans savoir pourquoi je m'y suis engouffré, presque mécaniquement. Seul, je partis rejoindre mon chez-moi de désordre à douze arrêts d'ici.

En un battement de cils, nous nous éloignâmes, et je sentis mon ventre de nouveau se nouer. À ruminer mes maux tel un vinyle rayé, je regrettais déjà de ne l'avoir retenue. Mes pensées s'agitaient. Et si, et si, et si… Et si j'avais osé pleurer sur son épaule ? Si je lui avais dit que je touchais le fond ? Aurait-elle ri de moi, ou m'aurait-elle offert deux ou trois papillons ?

Mes songes prenaient l'allure d'une partition grotesque. Il est fort à parier qu'une belle fleur comme celle-ci avait déjà trouvé le soulier à son pied. Tout me semblait si flou soudain. Quoi qu'il en soit, la belle n'était plus à mon bras. J'entrepris donc de revenir chaque matin, pour flâner en terrasse au café des Lilas, avec l'espoir secret de la revoir enfin.

Les grandes vacances venaient juste de commencer, et j'avais tout mon temps, ayant pris mes congés pour me poser un peu. Pour sûr, je ne baisserais pas les bras ! L'ébénisterie m'avait avant tout inculqué la patience, et j'avais en mon cœur une espérance nouvelle. Il me fallait oser, qu'importe qu'il m'en coûte une vaine éternité.

*

Les journées se suivirent et je ne faiblis point. Hypnotique, Marie m'obnubilait. J'espérais son visage derrière chaque porte close. À la rêver sans cesse, à la confondre encore, je la cherchais partout. La terrasse des Lilas devint une habitude. Chaque jour, je m'y rendais, dévorant du regard les visages et les traits tel un peintre aguerri. Je pourrais en conter les détails minuscules, dessiner les racines du grand chêne de la place, retracer les coutumes des artisans du coin, les battements de l'horloge qui trônait en son centre, les grands-pères sur leurs bancs, la marmaille fourmillante et le chant des oiseaux qui pourfendaient le ciel. Cette place sommeille en moi tout comme son vieux manège tourne encore dans ma tête. Mais s'il en est bien une qui mérite son portrait, c'est à coup sûr Yvonne. L'indétrônable Yvonne, la gardienne des terrasses.

« J'vais finir par croire que j'te plais, mon jeune prince. T'es là du matin au soir ! Tu veux pas plutôt t'en trouver une de ton âge ? »

Elle demeurait cocasse. Un style à part : son corps était une carte postale de tatouages, une mappemonde de souvenirs. Toute sa vie y était consignée. Elle avait ici-bas son fan-club et les gens du pays lui prêtaient l'auréole d'une sainte conseillère. Yvonne savait écouter. Un don rare de nos jours : une église de chair en somme.

« Non mais, tu ne t'arrêtes jamais, toi ! C'est ton café qui est bon, et je me sens bien ici.

— Ben, voyons. Tu m'prends pour une dent de lait ? À quoi qu'elle ressemble ?

— Franchement ? J'ai pas les mots ! Et te dire qu'elle est belle tiendrait de la litote.

— Litote toi-même ! répliqua-t-elle. Ah... Jeunesse insouciante ! Croque-moi cette vie à pleines dents va ! Et n'en perds pas une miette ! »

Sur cette invitation, elle passa à la table suivante.

Avides, mes yeux repartirent scruter les alentours, de peur que Marie ne m'échappe de nouveau.

Lorsque, à vingt et une heures quarante et une précises, après avoir zieuté plus ou moins discrètement des centaines de passantes et poursuivi des ombres trompeuses, entre deux silhouettes, elle me réapparut.

Une chance à saisir. La mienne ! Peut-être la dernière. Elle traversait la place, magnétique, aérienne... Énigmatique Marie. Cette fois-ci, c'était sûr, j'allais lui dire deux mots. J'avais tant espéré... Qu'importe que j'aie l'air engourdi ou sauvage. Il me fallait oser, quitte à trop me répandre. Je me suis donc lancé avec la peur au ventre et l'envie dévorante de la connaître enfin.

Ému, je l'accostai au pied du carrousel, pétri des maladresses qui collent aux amoureux.

« Ça alors... Mais qui voilà ! Marie ? »

Hélas ! Je m'en fustige encore. Mauvais ! Mauvais ! Mauvais ! Acteur de série B pour ados attardés !

À mon appel pourtant, la belle se retourna, imposant son empreinte. Elle sentait bon la mangue, le sucre vanillé et la fraîche cannelle.

« Vous ici ! Qui l'aurait parié ? »

Eût-elle su combien de bières, de doubles espressos, combien du bout des yeux en vain je l'avais cherchée, elle n'aurait point parié, je vous en donne parole.

« Je vous pensais parti. »

Ces simples mots suffirent à me faire palpiter. J'entrevis l'idée folle qu'elle s'était inquiétée de moi.

« Vous aviez l'air si triste, l'autre jour. J'me suis dit sans doute a-t-il quitté la ville. J'espérais qu'il ne vous soit rien arrivé. »

Se pouvait-il vraiment que mes larmes l'aient touchée ? Ou disait-elle cela histoire d'édulcorer son invisible gêne ? Je m'avançai d'une case.

« Ben, en fait, j'habite un peu loin de la plage mais... J'ai perdu quelques bricoles il y a quelque temps, et je reviens souvent dans les parages pour peut-être, je dis bien peut-être, retrouver les bricoles en question.

— C'est-à-dire ? »

Elle me trouvait abstrait.

« Et ces *bricoles* dont vous semblez épris, à quoi ressemblent-elles ? »

Curieusement, elles te ressemblent, Marie ! Je t'ai cherchée mille ans.

Dieu que j'aurais aimé lui dire cette simple phrase, avec l'œil étincelant, comme l'aurait fait un autre, ou un homme sans complexe. L'un de ceux que l'on voit dans les publicités nous vendre sans trembler son café, ses rasoirs et ses slips en coton. *What else ?* Mais il y a loin de la coupe aux lèvres. Non ! Moi, j'ai juste dit, avec un ton pincé :

« Ben, en fait… J'ai perdu mes papillons. »

Mains dans les poches, regard absent.

« Votre *quoi* ? Enfin, vos *quoi* ? »

J'étais un brin stressé.

« Mmm… Mes *papillons*. Bon, c'est un peu long à expliquer mais je suis…

— Taxidermiste ? Collectionneur ? Vous collectionnez les espèces rares, c'est ça ? »

Elle me coupait d'une traite, énergique ! Qu'aurais-je dû lui répondre ? Je laissais faire l'instinct.

« Euh oui… C'est ça, enfin presque. C'est dingue, vous êtes perspicace. En fait, je… euh… suis… euh… spécialiste… euh… des espèces en voie d'extinction. Et plus précisément des papillons qui peuplent nos jardins. »

Mais où diable me dirigeais-je ? Je m'inventais un rôle, en menteur éhonté.

« Ah mais bien sûr ! Je le sais. Ça porte un drôle de nom. Comment dit-on déjà ? Votre métier ? Vous êtes… euh… Attendez ! Ne me le dites surtout pas. »

Elle cherchait à voix haute.

« Oh ! Je l'ai sur le bout de la langue. »

Comment stopper sa fougue ? Muet, je l'observais avec adoration.

« Lépidoptériste ! lança-t-elle avec vigueur. C'est ça, hein ? ! *Lépidoptériste* !?! »

Je l'imaginais buzzer sur un champignon rouge, comme dans les jeux télé pour donner sa réponse avant la fin du temps. Cela me fit sourire.

« C'est ça, n'est-ce pas ? J'ai bon ? C'est *lépidoptériste* ? »

Scolaire, elle répétait ce mot que je n'aurais su épeler et aurait pu sans mal faire carrière au Scrabble. Pour ma part, je n'en savais fichtrement rien.

« Oui, c'est ça. *Hélicoptériste*, marmonnai-je un peu gauche. Quelle acuité ! »

Il fallait juste le dire vite. Mais je laissai couler, tentant ce coup de bluff pour qu'elle me reste un peu.

« En réalité, Marie, c'est un chouia plus complexe. J'étudie la faune, la flore, et me passionne un peu… euh… pour… tout… ce… qui… se rattache… euh… à la vie… Et principalement aux papillons du coin. Vaste entreprise… Que dire de plus ?

— Ça alors, c'est dingue ! Vous vous souvenez peut-être que je m'appelle Mariposa. En castillan cela signifie…

— Papillon. Je sais.

— Faut pas chercher plus loin, mais c'est tout de même marrant. Non ?

— Drôle de coïncidence, en effet. »

Elle souriait, amusée de cette correspondance.

« Et vous… vos papillons… Où sont-ils donc partis ? reprit-elle.

— Ben, justement, Marie. Je n'en trouve plus trace ! Et j'ai bien peur qu'ils ne soient tous morts dans l'indifférence générale. »

Mes mots vinrent assombrir son sensible visage et je la vis maudire la cruauté du monde.

« Punaise. Mais punaise, quoi ! Bordel de… »

Elle fronça les sourcils, touchée. Elle était tellement belle à dire ces noms d'oiseau.

« Pas une journée ne passe sans qu'une espèce s'éteigne et trop peu s'en soucient. »

Je vis qu'elle respirait avec moins d'assurance. Sa douce voix déraillait. Pudique, elle couvrit son visage de ses mains raffinées, masquant ses yeux humides. Soudain, je me sentis errer en Tétanie, un pays où la voix, les bras ne répondent plus. Car voici que la douce pleurait sur mon épaule. Innocente créature.

La vie était bien faite ! Nous inversions les rôles. J'en profitai dès lors pour la réconforter, lui effleurer le dos et humer ses parfums. Ce fut l'instant propice pour mieux la consoler et lui glisser :

« Au fait… Moi, c'est Alexandrin. »

6

L’anagramme

Sa chaleur me donnait des allures de bouillotte, et je me retenais de la serrer plus fort, de crainte qu’elle n’y découvre mon manège. Petit à petit, la belle étourdie reprit ses sains esprits.

« Alexandrin ? Mais Alexandrin comment ? »

Sa joue caressait mon épaule.

« Lamoureux… Alexandrin Lamoureux. Je sais, ça fait cliché. »

Elle eut l’air étonné.

« C’est une blague ?

— Non. C’était le nom de mon père. Félicien Lamoureux. Je n’ai pas vraiment choisi vous savez.

— Mais… Lamoureux, comme Robert Lamoureux ? Le parolier français ? “Papa, maman, la bonne et moi.” Enfin vous voyez, quoi ? C’est connu ! “La chasse au canard”, “L’éloge de la fatigue”. Ça ne vous dit rien ?

— Euh… Oui… Enfin ! Non. À moins qu’il ne soit un cousin éloigné… Je ne connais pas cet homme. Et puis, je vais prendre le risque de vous décevoir mais, si ma famille compte à ce jour quelques bons artisans, je ne lui connais pas de poète.

— Oh, ne dites pas de sottises. Vous l'êtes forcément un peu. Nous le sommes tous. Et puis, avec un prénom comme Alexandrin, vous détenez sans doute malgré vous les codes de la poésie romantique. »

Elle rit dans un doux éclat, son nez coulait encore. Même en cette circonstance, elle rayonnait sans gêne.

« J'adore Robert Lamoureux. Il est de ceux qui savent clouer les mots au cœur. Il faut que vous l'écoutiez ! C'est un très bel artiste dont on parle trop peu. »

Ses yeux brillaient d'audace lorsqu'elle parlait de lui. J'aurais voulu connaître tout de son répertoire.

« Si d'aventure nous nous revoyions, vous me le ferez découvrir. »

À dire vrai, si elle en avait émis l'idée, j'aurais pu écouter en boucle et sans sourciller l'intégrale de Chantal Goya.

« Vous êtes manifestement d'une grande sensibilité, chère Marie Mariposa.

— Je suis à fleur de peau depuis ma tendre enfance. Mon cœur s'emballe sans frein au nez des injustices. Je vis tout à l'excès. Le bon comme le sévère. En fait, je crois que “j'ai mal aux autres”, comme le disait Brel. Moi, je veux croire encore en la beauté du monde. Ma sensibilité est ma force, monsieur. Pleurer vos papillons me semble raisonnable car ne pas s'en soucier serait mourir un peu. Et puis, les prénoms ne mentent pas ! Le mien me destinait à aimer sans répit.

— Que voulez-vous dire ? »

Elle voyait l'évidence qui m'échappait sans doute.

« Marie : M-A-R-I-E. C'est l'anagramme d'aimer. A-I-M-E-R. Vous ne le saviez pas ?

— Non je ne le savais pas.

— Ben, j'aime voilà tout. Avec un grand A. J'accueille quoi, je chéris, j'embrasse, je vibre, je murmure. Les animaux, les fleurs, les enfants, les rivières, j'aime le feu qu'ils distillent et je brûle de cela. Vivre, c'est s'abreuver de la beauté du monde, c'est boire chaque paysage, et c'est apprendre à voir. »

Elle réveillait l'enfance qui s'absentait de moi.

« J'aime pour le goût d'aimer, pour ces saveurs sucrées qui font nos vies gourmandes. Pour la beauté des ciels qui nous offrent chaque jour un tableau différent. Mais ceux qui détruisent tout ça, je ne comprends pas. Ça me déchire le cœur ! »

Avait-elle atterri sur Terre par enchantement ? Pour me sauver du vide qui m'aspirait alors ?

Il fallait que je trouve de quoi la faire rester. Je craignais qu'elle s'en aille de nouveau pour cent ans. Aussi, j'osai reprendre :

« Marie. Surtout n'y voyez rien de déplacé mais, cela vous dirait-il d'aller marcher un peu ? De respirer l'air pur sur l'une des dunes voisines ? Non loin de là, je connais un belvédère qui pourrait vous ravir. »

Mon cœur cessa de battre. Et puis elle me fixa de ses grands yeux puissants. Comme si elle me sondait. Comme si elle vérifiait que j'étais une belle âme. Comme si elle me lisait à la lueur d'une flamme. Pour enfin me dire oui en caressant ma joue avec délicatesse.

7

Au premier temps

Allègre, j'emmenai la douce pleureuse, fier comme un coq en pâte.

Hélas, au fond de moi, un écho me hantait. Ma gorge s'enrouait de lui avoir menti.

Triste parade, Alexandrin. Jamais tu n'aurais dû t'inventer ce costume. Un jour ou l'autre, tu devras en payer le prix. Dis-lui la vérité.

Je me sentais des ailes mais, les sachant fragiles, il fallait que je trouve les bons mots pour lui dire qu'à défaut d'étudier les papillons de l'île, je n'étais qu'un pâle rêveur, apprenti ébéniste. Un ouvrier commun fait de bois ordinaire.

Je l'emmenais pourtant sur la « dune oreiller », que j'avais baptisée ainsi les longues journées de sieste. Au coucher du soleil, on y voit les marées qui s'en viennent caresser les îlots des pêcheurs. Rares y sont les passants. On dit même que le temps n'y est pas accepté. J'espérais la surprendre.

Nous devions pour l'atteindre traverser une petite forêt de pins, gravir quelques collines et trouver ce point G pour une vue orgasmique dont j'étais seul gardien. J'en profitais pour la cueillir :

« Que faites-vous dans la vie, Marie ? Je veux dire… À part ensoleiller celle des gens ? »

J'usais de grosses ficelles.

« À votre avis ?

— Bizarrement, je ne vous vois pas derrière un bureau…

— Ça non, alors !

— Artiste ?

— Presque ! J'espère devenir fleuriste. »

Ça fleurait l'évidence… Elle, entre ciel et terre, si sensible, si solaire.

« En voilà un beau métier. Une vocation peut-être ?

— Oui. En quelque sorte. Ma mère m'a transmis cette passion pour les fleurs, et je crois simplement que celles-ci nous élèvent. Qu'elles embellissent nos heures.

— Vous semblez y souscrire en tout cas et vous en parlez bien.

— Comment ne pas y croire ? Les fleurs sont la poésie même, Alexandrin. Elles soulagent nos maux et sont de bonne écoute.

— Parce que vous leur parlez ?

— Ça m'arrive, oui. Mais gardez ça pour vous. »

Elle émondait mon cœur.

« C'est, je crois pour cela que tant de poètes les célèbrent, pour ce qu'elles symbolisent, ce qu'elles inspirent.

— Je vous crois volontiers ! »

À ces mots, je la vis s'asseoir tranquillement sur un petit rondin de bois. Elle prit la pause, inspira profondément et m'adressa ces vers en toute simplicité :

La pauvre fleur disait au papillon céleste
– Ne fuis pas !
Vois comme nos destins sont différents. Je reste,
Tu t'en vas !

Pourtant nous nous aimons, nous vivons sans les hommes
Et loin d'eux,
Et nous nous ressemblons, et l'on dit que nous sommes
Fleurs tous deux !

Mais, hélas ! l'air t'emporte et la terre m'enchaîne.
Sort cruel !
Je voudrais embaumer ton vol de mon haleine
Dans le ciel !

Mais non, tu vas trop loin !
— Parmi des fleurs sans nombre
Vous fuyez,
Et moi je reste seule à voir tourner mon ombre
À mes pieds !

Elle avait tout d'un cœur qui changerait ce monde… Je l'observais, charmé, pris au piège de sa voix et de sa mise en scène.

« La fleur, le papillon. C'était écrit n'est-ce pas ? De qui est-ce ?

— Victor Hugo. C'est un passage de "La pauvre fleur", un poème que j'adore et qui me ressemble. Je le récite souvent celui-ci. »

Nous approchions enfin de la cime convoitée. Je lui avais promis un point de vue céleste. De ceux qui font tourner la tête des chercheurs d'or et constatais, ravi, qu'elle m'offrait sa confiance, ne me résistant point.

« Encore quelques pas, Marie. »

Nous ne nous pressions pas. Bien au contraire. Et tandis qu'elle m'apprivoisait, telle une comédienne en herbe, elle se mit à singer la scène devenue mythique d'un *Titanic* sur dunes. À coup sûr, le lieu l'inspirait. Non sans malice, elle me lança :

« Excusez-moi, Jack… »

J'en souriais, séduit.

« Qu'arriverait-il si ma famille venait à me croiser par mégarde avec un homme des soutes ?

— Aucune idée, Rose ! Mais dans la mesure où, de toutes les manières, je meurs à la fin du film, j'avoue que cela m'importe peu.

— Si vous pensez m'embrasser lorsque j'aurai les bras en croix, vous manquez cruellement d'imagination. James Cameron est déjà passé par là.

— Loin de moi cette idée. »

J'aurais tout joué pour elle et elle l'avait compris. Se pouvait-il vraiment qu'elle soit un cœur à prendre ? Tout prêtait à le croire.

À ces mots, l'horizon vint clore notre jeu de rôle, et nous nous fîmes cueillir par la beauté du site. Fidèles au rendez-vous, il y avait là la mer et le ciel azuré qui s'embrassaient au loin, tutoyant la lagune, sous le regard serein d'un soleil rouge couchant. Les vagues berçaient la toile de leur fine mousse légère. Fraternelle, la brise nous caressait. Quelques bateaux au large faisaient danser leurs voiles, et au milieu du Tout, juste elle et juste moi, libres comme deux enfants.

Absorbée par la magie des lieux, elle cessa son manège. Et comme une étincelle, je vis dans ses pupilles naître l'émerveillement. Elle en retint son souffle et, sans s'en rendre compte, ma propre respiration. Suspendu à ses lèvres, j'attendais qu'elle s'exprime… de nouveau.

Je manquais de vécu pour lire entre ses lignes. J'aurais voulu comprendre ce qu'elle ne disait pas. Et puis…

« Merci. Merci pour ce cadeau qui me cueille sans prévenir. Merci tout simplement de m'aider à guérir. Merci d'être en mon cœur un aussi doux reflet. »

Ses alexandrins revenaient en cascade et je m'en délectais.

Mais… Avais-je bien entendu ? Je l'aidais à guérir ? Qu'entendait-elle par là ? Je n'osai demander, laissant passer l'averse.

Qui plus est, il me fallait lui dire que j'avais tricoté. Ce tissu de mensonges allait s'effilocher, que je le veuille ou non. Et comme un don du ciel, elle me tendit la flèche qui manquait à mon arc :

« C'est magnifique, Alexandrin. Vraiment ! Vous êtes une belle personne. Et vous n'êtes point semblable aux hommes que je connais. Dites moi, de quel bois êtes-vous fait ? »

8

À deux mots…

Nous nous assîmes dans le sable, et je pris malgré moi mon courage à deux mots :

« Justement, Marie… Peut-être ai-je été un peu vite en besogne. »

Je ramassais au sol une fine baguette de bois que le vent nous offrait. Je l'espérais magique.

« J'ai peur de décevoir votre appétit soudain car, quel qu'en soit le bois, moi… je n'en suis fait d'aucun. Non. Le bois est mon métier. Et je vous ai menti. Non par fourberie mais par timidité. Je ne suis pour dire vrai, Marie, qu'un petit ébéniste. Non un taxidermiste ou un quelconque chercheur. Encore moins un expert des espèces menacées. Je n'ai juste pas osé contrarier votre élan. Pour ne rien vous cacher, je le regrette un peu. »

Là, contre toute attente, elle m'offrit un rictus et je le lui rendis, mécanisme classique de brigand démasqué. Mes airs d'Averell Dalton me faisaient un peu honte mais je n'avais que ça alors pour dompter mon malaise. Et puis elle releva d'une voix sans colère :

« Pourquoi m'avoir menti menuisier des Lilas ? Jouissez-vous, vous aussi, d'une langue de bois ? Et qu'en est-il alors de tous ces papillons ? Vous m'en voyez déçue. »

Vidé de ma contenance, vêtu de petitesse, je me sentais minable.

« Vous étiez à l'écoute et tellement passionnée... J'ai laissé faire l'instinct. La peur de vous déplaire m'a sans doute aiguillé sur ce chemin scabreux. Veuillez m'en excuser. Mentir par omission fut ma meilleure version. »

Son sourire réapparut. Je pressentis dès lors qu'elle ne m'en voulait pas. Et qu'elle était flattée que je la considère, au point de lui mentir pour me donner du coffre. Je reprenais, confiant :

« Vous savez, j'ai vraiment perdu mes papillons. Mais c'est une image, Marie, une métaphore choisie, comme lorsque vous parliez de ce cœur parapluie prêt à me consoler. C'est au creux de mon ventre que je ne les sens plus. Et lorsque vous m'avez abordé dans la rue, il y a de cela une semaine, je ressassais leur perte.

— Mais encore...

— Je me sens l'orphelin d'un amour absolu. Je n'ai pas su aimer ces quinze dernières années, alors mes papillons, eux...

— ... se sont envolés. »

Elle terminait ma phrase.

« Oui. Puis, vous m'êtes apparue. Avec cette légèreté qui n'appartient qu'à vous. Voici qu'à l'heure ingrate où tout s'amenuisait, un papillon joueur se posait sur mon nez. Convenez que cela prête à réfléchir... »

Elle acquiesça d'une moue. Et puis elle me fixa. Mais voici que déjà ses yeux partaient ailleurs :

« Oh, regardez ! » dit-elle en pointant son index vers la voûte azurée.

Féerie aérienne ! Là, au-dessus de nous, dans le ciel bariolé, une myriade d'oiseaux virevoltaient, en cadence, comme venus d'un pays où l'insouciance est reine, dessinant des visages de déesses inconnues, donnant au paysage ses courbes colorées. D'où étaient-ils sortis ? En un mouvement de grâce, ils gazouillaient pour nous toute une chorégraphie.

Alors qu'elle frissonnait, je l'observais, ému. Et me revinrent ces mots qu'elle avait prononcés : « Merci tout simplement de m'aider à guérir. »

Cachait-elle un secret au creux de son plexus ?

Témoin silencieux, il me faudrait un jour lui poser la question.

Nous attendîmes sans mot que le soleil se couche, pour ne pas altérer la splendeur de l'instant. Et, sans préavis aucun, elle embrassa ma joue d'un baiser d'autrefois, les deux lèvres collées sur ma peau rougissante. Allongés sur le sable, à deux pas des étoiles, loin de toute assemblée, ce jour-là nos deux âmes venaient de se trouver.

9

Abracadabra

Je crois m'être assoupi. Tout semblait si limpide alors, si calme, ma main dans ses cheveux, mon corps si près du sien.

Lorsqu'une bonne heure plus tard, au sortir de ce rêve dont rien ne m'est resté, en décollant ma tête du sable rafraîchi, je fus saisi de froid. La chaleur confortable qui me tranquillisait s'était évaporée.

Marie n'était plus à mes côtés.

J'activais mes radars, la cherchant à tout-va. Personne ! Je peinais à comprendre quand le vent se leva.

« Marie ? Marie ? Oh oh ? Marie ? Si c'est une blague, elle est un peu cruelle. Maaarie ? »

Silence… Pas le moindre badaud. Il sonnait minuit pile. Pourquoi avait-elle fui ? L'avais-je seulement blessée ? Peut-être m'en voulait-elle de lui avoir menti ?

À balader mes yeux sur les dunes vallonnées, à proférer son nom dont l'écho me revenait comme pour me dire : *Arrête. N'insiste pas, allons. Elle ne peut pas t'offrir ces précieux papillons*, je divaguais, inquiet.

Aussi, pour m'assurer que je ne cauchemardais pas, je trimballais mes guêtres au Café des Lilas qui rangeait sa terrasse. Il ne restait qu'Yvonne et ses deux bras musclés. L'ogresse m'apostropha :

« Qu'est-ce tu fais là, mon chéri ? Y a plus personne à c't'heure-ci. Pis, tu vas rater ton bus.

— Attends, Yvonne…

— Non ! Fin du match ! Je ne sers plus une gorgée.

— Mais écoute !

— Bon ! Dis c'que t'as à dire. Mais va droit au but !

— Tu n'aurais pas vu passer une jolie fille brune ? Élancée, la vingtaine, vêtue d'une petite robe blanche ? »

Elle fixa le plafond et fit mine de chercher en se grattant la tempe.

« Ah… La fameuse ? »

Je sursautai d'impatience.

« J'en ai vu une du genre, en effet ! Mais ça date… C'était dans les années quatre-vingt à la télévision pour les fêtes de Noël. Blanche-Neige, qu'elle s'appelait. Mais laisse tomber. Son truc à celle-là, c'est les nains et les princes. Toi, tu n'es ni l'un ni l'autre. »

Elle lut ma déception et cessa de plaisanter.

« Oh, allez… Excuse-moi. J'ai fini mon service seule comme une mal-aimée. Je ne voulais pas t'vexer. »

Elle passa son balai devant mes pieds de plomb.

« Pour information : non, je n'l'ai pas croisée. À moins qu'elle ne se soit transformée en chaton – *un petit chaton roux lapait son bol de lait* –, je n'ai pas vu cette fille. Comment qu'elle s'appelle ?

— Marie. C'est l'anagramme d'aimer, murmurai-je.

— L'ana-quoi ? reprit-elle, intriguée.

— Non. Laisse tomber.

— Pas de Marie au compteur ce soir. Désolée. Y a plus personne ici. Allez ! Fiche-moi le camp, Tartempion, et va te débarbouiller. Pfff ! Non mais… Tu verrais ta trogne. »

J'en perdais mes galons et mon cœur ses battements. L'inquiétude en bandoulière, je rejoignis mon bus, désert à cette heure-ci. Comment m'y prendre alors pour retrouver sa trace ? Faudrait-il tout recommencer et camper aux Lilas ? C'en devenait éreintant.

Mais la vie peut surprendre… Sans trop me l'expliquer, dans le reflet grisé de la vitre du bus de laquelle mon front lourd peinait à décoller, un détail me surprit. Au tout premier coup d'œil, je ne m'y reconnus pas et m'y vis le visage noirci d'une écriture hiéroglyphique, griffonnée au crayon. Comment avais-je pu faire pour m'affubler ainsi ? Aurais-je succombé à un sommeil de plomb, à moins qu'on ne m'ait drogué ? Étranger à moi-même, je m'approchai encore du miroir déformé et zoomai circonspect sur le spectacle offert. Tatoué malgré moi !

« Mais non ??? » murmurai-je, ahuri.

Et si !!! L'audacieuse avait osé.

Avant de s'éclipser telle une voleuse d'étoiles, Marie avait eu l'idée folle de me laisser un mot. Et comme toute femme à part, elle avait jugé bon de l'écrire, non pas sur un Post-it ou une quelconque feuille blanche, mais bel et bien ici, juste là, sur mon front ! Comment avait-elle fait pour tromper mon sommeil ? À ce jour, ce mystère n'est pas élucidé.

Médusé, j'y lus tout à l'envers en lettres minuscules un fin message codé, de ceux que l'on décrypte pour ferrer un trésor. Écrit en pattes de mouche, avec l'application d'une illustre écolière, elle y avait inscrit son délicieux prénom et quelques fariboles qui me firent exulter :

« RDV dem1 16h, gde horloge. Signé : Marie M. »

Tout cela mis en page sur ma peau bien tendue. Ô joie ! Une Amélie Poulain sommeillait en cette fille. Une Mary Poppins, au doux cœur parapluie. Marie : la Rose Dawson de mon âme *Titanic*, la Betty Boop en fleur de mes jardins d'hiver.

Yvonne avait vu juste : il y avait une Blanche-Neige tout au creux de cette fille. À ses côtés, la vie me semblait moins cruelle, bien qu'elle me fît passer de Joyeux à Grincheux, de Timide à Simplet, au gré de ses envies…

10

La guerre des boutons

Le lendemain matin, j'ouvris les yeux d'une traite, tel un enfant pressé d'être un 25 décembre. Je n'avais que peu dormi tant l'envie m'habitait d'aller la retrouver. L'horloge était pareille au sapin de Noël qu'enfant je chérissais, et Marie incarnait le cadeau désiré.

Oui, mais voilà… Il n'était pas dix heures sur ma montre en paresse, et il restait un siècle avant notre entrevue. De quoi faire l'inventaire des lieux à la Prévert pour tromper les secondes qui gouttaient dans ma tête : une table basse, un étui à lunettes, un tabouret bancal, trois chaises en formica, six orchidées, toute une enfance au mur, cent lampions aux fenêtres. Une tourterelle, amie fidèle, un parquet mal ciré, un chausson orphelin. Un poêle à bois, la montre de papa, un Velux entrouvert et le ciel pour jardin. Tout mon frêle univers. J'avais beau égrainer mon intranquillité, j'avais beau convoquer tout ce qui m'entourait, je me sentais tendu, prêt à imploser.

Y avait-il un code pour me désamorcer ? J'eus grand peine à le croire mais… Oui ! Il en existait un : palpable, incontournable, fier de luire au grand jour… Et il était ancré sur l'écrin de ma peau.

Sortant de ma douche, alors que j'essuyais la buée du miroir, il me fallut accepter mon sinistre reflet. Contre toute vraisemblance, sept énormes boutons, rouge vif et conquérants, étincelants d'arrogance, s'étaient lâchement permis de pousser dans la nuit sur le bout de mon nez et les plages de mon front. Séisme ! Tels de petits volcans nés d'un vil maléfice. Une allergie, sans doute, à l'encre de Marie. Bref, une tronche de calculette : j'étais défiguré. Miroir, mon doux miroir, veux-tu bien t'excuser ? À part mettre une cagoule en plein mois de juillet ou lui parler de dos… Je ne voyais pas comment m'acquitter de ce triste fardeau ? Pourtant, je ne pouvais annuler ce précieux rendez-vous, n'ayant ni téléphone ni adresse, et pas la moindre piste pour la retrouver.

Sans trembler, je piochai dans ma trousse sept feutres de couleur. Avec le désespoir d'un humoriste raté, j'entourai chaque bouton d'un cercle auréolé. Rouge, orange, jaune, vert, bleu, indigo et violet affublaient mon visage. J'œuvrais en arc-en-ciel pour notre rendez-vous. Quitte à mourir sur scène…

Puis, enfilant un jean fraîchement repassé, un T-shirt *I'm happy !* pour la jouer solaire, j'engloutis une pomme, souriant amusé à l'idée qu'elle était peut-être empoisonnée. Prenant mon tendre élan vers le bus 63, celui qui me mènerait à la place des Lilas, mon espérance et moi nous mettions en chemin.

Le match reprenait après cette longue mi-temps et je perdais au score, considérablement. Plus un seul supporter ne croyait en mon nom mais j'espérais encore. J'avais le goût de vaincre et son odeur au corps.

11

Jamais

Aux seize tintements de cloche, sous un ciel azuréen, je me trouvais au pied du monument de bois, figé comme un santon. Chaque seconde me causait de grises palpitations. Je luisais, telle une méduse échouée en plein cagnard. Les passants me fixaient, fins sourires en coin. Leur marmaille agitée s'amusait, peu discrète, à compter mes boutons, l'index tourné vers moi, sans le moindre embarras. Cela ne m'amusait guère, mais à quoi bon lutter ?

Dans le fond, j'espérais qu'elle m'acquitte mais craignait qu'elle ne quitte ma vie à tout jamais.

Jamais ! C'était le mot du jour. Jamais je ne m'étais senti si laid. *Jamais !* Mon ombre même essayait de me fuir discrètement, honteuse et mal à l'aise d'officier à mes basques.

Quant au détour d'une brise missionnée par Éole pour me sécher un peu, je sentis une main tapoter mon épaule. Elle était derrière moi… J'allais me retourner, et elle allait s'enfuir, après s'être moquée.

Armé de dérision pour ne pas abdiquer, je pris malgré tout mon courage comme il se présentait, et me tournai vers elle, boutonneux pitoyable :

« Hey, Marrrrrr… ! »

Désillusion soudaine. Je n'eus pas même le temps de cligner des yeux. Telle une vile crevaison, ma voix se dégonfla à mesure que je découvrais son visage.

Je ne pus finir ma phrase tant l'effroi me saisit. De tous les scénarios, je n'aurais pu prédire une telle échappée. Elle se tenait face à moi, fort courtement vêtue, les seins en artifice, un casque sur la tête.

Paupiette ! Enfin… Mylène !

Que faisait-elle ici, pile à l'heure fatidique ? Je l'espérais tombée dans les abysses du vide qui tournoyait en elle. Et que penserait Marie de la voir à mes côtés ? Le temps s'accélérait et j'allais imploser, lorsque la peronnelle lança d'une voix revancharde :

« Ça alors ! Je m'disais bien que c'était toi, mais j'avais quand même un doute. »

Elle louchait sur ma face avec insistance, sarcastique, mâchouillant son chewing-gum en toute vulgarité.

« Hé, mais ! T'as quoi sur le bout du nez ? »

Mégère, elle ricanait sans gêne.

« Alexandrin ! Tu t'es fait agresser ou quoi ? T'as vu ta tête ? On dirait qu'un gamin t'a pris pour son buvard ! »

La bougresse se vengeait d'être rentrée bredouille au dernier rendez-vous. J'avais été amer, elle me rendait les coups. Et tout bien réfléchi, j'aurais dû m'abstenir :

« Qu'est-ce que tu fais là, Mylène ? »

Une vague de déception recouvrit mon visage.

« Ah ben, bonjour, l'accueil, répondit-elle grinçante.

— Non mais te torture pas ! C'est juste que j'attends quelqu'un, en fait. C'est une drôle de surprise, voilà tout. »

Mouais. Une surprise ratée. Elle le prit de travers. J'aurais dû m'y attendre. À retenir pour plus tard : évitez de meurtrir une nympho névrosée, ça vous pète au visage et ça vous colle aux basques. C'est bien trop inflammable.

« Non mais, toi… Toi, t'as un melon ! J'hallucine… »

Elle montait dans les tours, furibonde. Je zieutais à tous bords de peur de voir Marie soudain se présenter. Mylène vociférait des mots qui ricochaient sur mon armure de glace. Flot ininterrompu de morsures acérées. Mon Dieu qu'elle était vide sous sa coquille d'été. Mes nerfs allaient craquer et je perdais en tact :

« Oh, ça va, détends-toi, Nellie Oleson ! On ne va pas faire tout un pataquès parce que je ne me pâme pas devant ta devanture. »

Je sentis que ma phrase était la goutte de trop. Elle se mit à rougir. Sa voix devint sirène, son poil se hérissa. Elle m'aurait mis en pièces. Les gens se retournaient en spectateurs curieux. Je ne savais plus où me mettre. J'eusse été policier, je me serais autocoffré, tant je semblais suspect avec mes gros boutons et mes airs d'incapable.

« Non mais pour qui tu te prends ? Pauvre type ! Boutonneux à deux balles… »

Véritable furie, elle apostrophait les passants ébaubis.

« Regardez-le bien, lui… Ce petit con prétentieux. »

Un tourbillon grotesque ! Je cherchais désespérément les caméras cachées…

Et la tension montait, lorsque, entre deux insultes, au cœur de l'incendie, un apaisant parfum vint flatter mes narines et la mettre sous silence. Elle aboyait encore quand une voix familière fendit l'air agité.

« Alexandrin. Que se passe-t-il, chéri ? On te cherche sur la plage depuis une demi-heure. Le jeu va commencer. Toutes les équipes attendent et, comme tu l'as promis, j'aimerais que ce soit toi qui viennes me maquiller. »

Voici qu'elle revenait, agile, à ma rescousse. Et avec quelle aisance ! L'incroyable entrée en scène de la véritable maîtresse du jeu. Non seulement elle n'avait pas eu à hausser la voix, mais, de ces simples mots, elle venait habilement de museler la mâchoire acérée de Mylène. Elle dénouait ainsi la tension qui régnait sur la place et offrait aux yeux du monde un plausible scénario à ma bouille d'arc-en-ciel. Qui plus est, et ce n'était pas qu'un détail, je crois bien qu'elle m'avait appelé « chéri ».

« Non mais, c'est qui celle-là ? éructa Mylène.

— Ben… euh, c'est…

— À votre avis », lui répondit Marie d'une voix sereine.

Uppercut rhétorique ! Sublime K-O technique. Mylène ne trouva ni la force de répondre ni même le cran serré de soutenir son regard. Elle ravala sa chique, baissa les yeux en guise de victoire par forfait et s'enfuit aussi sec. Je crus voir que l'horloge avait cessé ses rondes, et il fut seize heures seize pour une éternité.

Heureux, je contemplais Marie.

Elle semblait ne pas voir mes boutons colorés. Comme si cette Marie-là savait seulement aimer.

Elle était enveloppée d'une jupe bleu turquoise, laissant chanter ses jambes aux belles heures de l'été. Un fin voile de coton embrassait sa poitrine, gardiennant sa pudeur. J'y devinais sans peine les battements de son cœur.

Jamais je n'oublierai cette douce photographie. *Jamais*, vous dis-je, *jamais* ! Décidément, c'était le mot du jour. C'est un mot palpitant pour une histoire d'amour.

12

Le carillon

Je bafouillai, timide, quelques phrases décousues :

« Euh… Il me semble bien délicat de tout vous expliquer comme ça, Marie, mais…

— *Vous* ? releva-t-elle. Il me semblait pourtant t’avoir tutoyé. »

Elle enchaînait les points.

« Oui. Alors tu… Tu vas sans doute avoir un peu de mal à me croire mais je t’attendais tranquille quand…

— Alexandrin. Ne te justifie pas. Ce genre de fille, tu sais, je les repère de loin. Elles déguisent leur mépris. Il m’est plutôt plaisant que tu l’aies démasquée. Te voilà différent des autres garçons.

— C’cst-à-dire que je ne m’attendais pas à cela. Tout comme je ne m’attendais pas à me réveiller seul, sur la dune, hier soir. À dire vrai, je n’imaginais pas non plus faire une poussée d’acné dans la nuit… Bref, depuis notre rencontre, tout n’est que nouveauté.

— Pardonne-moi pour hier. Tu dormais profondément… Et puis, j'avais un truc à faire. Un jour, je t'expliquerai. »

Elle gardait ses secrets.

« Je dois dire que le coup du rendez-vous gravé au fusain sur mon front m'a mis le cœur en herbe.

— Et moi que ton visage me pousse à m'inquiéter.

— Il faut croire que ma peau réagit à ta prose… »

Mes mots l'amusèrent.

« Tu vois cette vieille horloge ? » dit-elle avec tendresse.

Comment donc l'ignorer ? Elle faisait bien dix mètres au-dessus de nos têtes.

« Je la porte en mon cœur comme un précieux objet. Elle rythme mes souvenirs en sa folle mécanique et connaît tout de moi : mes joies, mes doutes, mes peines. J'y suis liée par le sang.

— Ah oui ?

— Mon grand-père l'a construite il y a plus de soixante ans. Ce fut sa dernière œuvre. Chaque saison, je reviens y régler mon présent. Elle m'invite à sécher les larmes du passé, à ne pas m'inquiéter d'un avenir incertain et à vivre pleinement, ici et maintenant.

— Ton grand-père devait être un artiste admirable.

— Observe-la, dit-elle. Les boiseries, l'ossature, les ornements de marbre sont le signe d'un homme aux rêves de géant, fût-il simple artisan. »

Sa main saisit la mienne.

« Suis-moi, Alexandrin. Je voudrais t'en montrer l'insoupçonné détail qui compte tant à mes yeux. »

Elle me fit faire le tour de la divine horloge, à l'abri des regards. À l'arrière : une trappe discrète, cadenassée, échappée clandestine. Et du fin médaillon qu'elle portait à son cou, Marie extirpa une minuscule clef argentée dont elle se servit pour déjouer la serrure. Champ libre. À pas de loup, nous nous engouffrâmes dans cet étroit passage pour pénétrer au cœur de l'horloge protectrice. Ô sésame ! Un temple d'harmonie, protégé du monde et de ses artifices.

Je découvrais le cœur de ce vaisseau de bois, tel un explorateur, contemplant chaque détail de son anatomie. Les rayons du soleil chantaient par les fissures et donnaient à ce lieu des airs de cathédrale. Puis, Marie m'invita à suivre son index pour en pointer, émue, la signature cachée.

« Regarde, ici, sous la grande aiguille. »

Il y était gravé avec finesse et minutie ces mots d'or et d'ébène : « Aux générations futures, qui devront se soucier d'aimer chaque seconde, le doux comme le sévère, jusqu'à la fin des temps. Passionnément. Arthur Mariposa. 1950. »

J'en frissonnais. Elle m'observait, silencieuse.

Ces mots étaient si beaux que j'en perdis la voix. Arthur avait offert cette horloge à la ville lors des reconstructions, après la Seconde Guerre qui lui avait coûté ses amis, sa famille et tant de rides au cœur.

« Il est mort l'an dernier sans qu'on lui rende hommage. Tu te rends compte ?! Lui qui a tant donné aux gens de ce pays. Il méritait mieux que l'oubli. Cette place à mes yeux devrait porter son nom.

— Mais c'est le cas, Marie, cette place est la sienne. Son nom y est inscrit ici en tout petit certes, mais… C'est là toute la magie lorsqu'on cherche un trésor.

Il faut creuser sous terre, palper les moindres recoins, apprendre à deviner. Les énigmes sont là pour faire battre nos cœurs. Sans elles, tout serait plat. Et puis, dans cette horloge, ton grand-père a mis tout son amour. Le temps ne peut gommer cet élan passionné. L'amour ne meurt jamais. »

Elle releva ses yeux pour rencontrer les miens. Ses blanches joues rosirent, et nous laissant cueillir par la force de l'instant, enfin nous nous embrassâmes.

Nos cœurs imprimaient au creux de nos mémoires la douceur alcaline de ce tendre baiser.

Ses lèvres étaient ambroisie. Et je les dégustais comme on goûte aux étoiles. Plus rien ne me heurtait. Car, en mon ventre ému, virevoltaient, fanfarons, une pacifique armée de lépidoptères heureux.

L'horloge carillonnante, comme pour nous applaudir, sonnait dix-sept tambours à nos oreilles en joie. Elle faisait un vacarme à réveiller les morts. Et cela tombait à point car, pour la première fois depuis fort bien longtemps, je me sentais vivant.

13

L'heure joyeuse

Nous reprîmes nos esprits, comme soignés de nos maux pour les jours à venir. Marie me proposait une terrasse aux Lilas. Passé les dix-sept heures, l'*happy hour* chantait pour les marins du coin.

À quitter notre planque telles deux petites souris, nous gambadions légers, sautillant d'insouciance. Cent mètres nous séparaient seulement des terrasses où nous nous dirigions. Mais nous faisions escale pour que nos papillons profitent du grand soleil.

Yvonne nous accueillit :

« Ben, alors. On dirait qu'il a r'trouvé sa belle, notre doux rêveur. Ça jouait moins les fiers hier soir ! J'ai bien cru qu'il allait nous en faire une jaunisse. »

Elle lança un clin d'œil amusé à Marie, puis s'approcha de nous et scruta mon visage.

« Mais c'est qu'il nous l'a faite sa rougeole, le bambin ! Si c'est une nouvelle mode, va falloir m'expliquer… Parce que j'ai pas les billes… »

La terrasse l'écoutait. Les couples alentour riaient de son jargon. Yvonne lancée, on ne l'arrêtait plus. Elle ausculta Marie.

« Ah ben, oui, j'comprends mieux. Blanche-Neige… La fameuse. Pour une fille comme celle-ci, on s'arracherait les tiffes. Y en a, dans leur génome, elles ont eu les quatre as. Qu'est c'qui boivent les chatons ?

— Un petit rouge !

— Un petit blanc.

— Va pour deux bols de lait ! La première est pour moi. »

Il régnait sur la place une ambiance Années folles. Tout respirait la joie des beaux jours retrouvés. Le Café des Lilas allumait ses lampions. Le manège pour enfants tournait sa ritournelle. Des orgues de barbarie dispensaient ci et là des airs de Robert Lamoureux, de Bourvil et d'hier. Et moi, j'aurais aimé une pause en cette heure joyeuse, m'enivrer davantage de cette liesse mais la vie décida qu'il en serait autrement.

Car au joyeux tableau de cet instant de grâce, s'invitait une menace dont l'ombre gigantesque recouvrit nos visages.

Éclipse.

Un homme, la cinquantaine, au bonheur effacé, pénétrait dans l'arène avec son lévrier. Le soleil surlignait son énigmatique silhouette. Il jurait sur cette toile colorée d'allégresse et ne souriait point pour un mois de juillet.

14

Les cumulonimbus

Dans sa longue veste noire aux allures militaires, couvert du rond chapeau qui lui masquait les yeux, le diable fit son entrée en scène. Fantomatique, l'homme fit naître l'inquiétude. Il était gigantesque, embrassait les deux mètres. Je crois que ses mains faisaient trois fois les miennes. Son chien, lui, me fixait à baver sa colère, menaçant, poils dressés.

Malfaisant sortilège en cette heure d'insouciance où nous voguions heureux…

Sans la moindre tendresse, l'épaisse brute l'apostropha :

« Marie ! »

Rauque, électrique, sa voix ordonna. Figée dans le marbre, la belle ne bougea plus, dos courbé, poings serrés.

« Que lui voulez-vous donc ? » demandai-je, indigné.

Il ne prit pas la peine de me répondre.

« Votre père n'aimerait pas vous savoir ici. Vous savez qu'il s'inquiète lorsque vous partez seule.

L'infirmière vous attend depuis au moins deux heures et je n'ai pas votre temps. »

J'insistais :

« Attendez ! Qui êtes-vous au juste ? »

Toujours pas un regard. Étais-je homme invisible ? Mon visage arc-en-ciel aurait pu le saisir, presque le faire sourire, mais ses yeux m'ignoraient avec un tel cynisme… Je sentis la colère m'incendier.

Marie semblait soudain prise d'une folle panique. Elle arracha un bout de la nappe en papier, saisit un crayon, puis murmura, craintive :

« Écris ton numéro, ton adresse, quelque chose. Ne me pose pas de questions, Alexandrin. Je reviendrai vers toi. Là, je ne peux t'expliquer mais il me faut partir. Fais ce que je te demande. Je t'en prie. »

Elle finissait péniblement sa phrase, essoufflée. Un masque d'effroi morcelait son visage et tel un triste élève, sagement j'obéissais, notant ma seule adresse sur un fragment flétri de la nappe en papier. Quant à mon numéro, dans le stress grandissant, il m'était impossible d'en retrouver les chiffres.

Marie se leva de sa chaise, tête baissée. Je lui saisis la main.

« Ne pars pas. Marie, explique-moi, je t'en prie. »

Elle tremblait à présent et sondait mon regard comme si elle me voyait pour la toute dernière fois. J'aurais voulu crier, la retenir plus encore, mais puisqu'elle n'opposait aucune résistance, puisqu'elle me demandait d'éviter d'insister, je l'ai laissée filer.

C'est exactement ça. Je n'ai pas su la garder. Comme on laisse à regret s'envoler un ballon lorsqu'on est un enfant inexpérimenté, en regrettant de le voir rétrécir à mesure que le vent le kidnappe.

Et je les vis tous deux s'éloigner de la place, pour disparaître au loin dans une berline aux vitres noir pétrole.

Il ne me restait plus que mes larmes, ma peine et mon indignation.

15

Bouche cousue

Yvonne me regarda fixement, plateau à la main, sourcils froncés. Elle avait vu la scène. Elle s'assit face à moi et me dit à voix basse :

« Ça, mon p'tit loup, ce sont des choses qu'on n'voit normalement que dans les films. J'voudrais pas m'en mêler mais… les diamants, ça n'attire pas que les honnêtes hommes. Et c'gars-là, c'est du louche, du qui vous fiche les foies. Va pas, pour une gamine, te faire une jambe de bois. C'est tout c'que j'ai à te dire. »

Elle me prit par l'épaule et me tendit mon verre.

« Tiens ! Si ça peut éponger un peu tes inquiétudes… »

À défaut d'imploser, j'y engouffrai mes lèvres et bus tout d'une traite. Le vent soufflait son spleen sous ces nuages d'aigreur, et mon vaste univers s'habillait tout de gris.

Épris comme je l'étais, je me jurai dès lors que je la reverrais, qu'importe ce qu'il m'en coûterait. Marie faisait ma joie depuis notre rencontre, et j'étais décidé à déjouer l'énigme dont elle gardait les clefs. Il me fallait agir.

De retour chez moi, cœur en berne, rage au ventre, j'hurlais la bouche cousue.

Qui donc pouvait bien être cet escogriffe sans nom ? Qui diable était ce père dont il avait parlé ? Et puis cette infirmière ?

Les questions se cognaient aux murs de mon chaos.

Je n'en savais pas assez, ou sans doute déjà trop pour ne pas insister. Je me mis donc en tête de mener mon enquête. Oui mais, par où commencer ?

Certes, marmot, j'avais été quelque peu chercheur d'or… Cela dit, je n'avais rien d'un Sherlock. Et pourtant… J'allais m'improviser traqueur de papillons, protecteur de l'espèce.

Ma solitude et moi passions cette nuit blanche à gamberger. Et mon âme désertée revisitait en boucle mes sombres inquiétudes. Quand le jour me reprit dans un état second, il était cinq heures dix.

16

Le cabinet des curiosités

Un café avant tout. Corsé, pour lancer la machine. Je me sentais fébrile, et ne connaissant d'elle pour retrouver sa trace que son nom de famille, je n'avais pas grand-chose, rien de vraiment solide.

J'ignorais tout de Marie. Où vivait-elle ? Absorbé par ses yeux et sa voix malicieuse, je n'avais pas même songé à poser la question. Dès lors, je regrettais de ne pas avoir le nez suffisamment fin, et j'enviais tous ces chiens qui retrouvent à l'odeur le fil de leur chemin, même à des kilomètres. Son parfum imprégnait le lin de ma chemise et je m'en abreuvais pour mieux me motiver. Du flair, pardi… Je me cherchais du flair.

Bon ! Son grand-père semblait être un personnage du coin. J'avais ici une piste. Mais rien sur internet n'y faisait allusion. Pas une ligne. Les gens de cette époque ne passaient pas leur vie à se photographier, à s'auto-célébrer. Ils vivaient plus discrets, plus pudiques en somme. En enquêteur novice, j'entrepris de me rendre à la bibliothèque municipale, simple curiosité. Peut-être y trouverais-je un ouvrage du passé mentionnant cet Arthur, artisan émérite ?

Dès l'ouverture des portes, j'en franchissais le seuil et voici que déjà un signe du hasard encourageait ma quête.

Sur le mur de l'entrée, la mystérieuse Duchesse des bons conseils, encore elle, invitait à la persévérance : « Cherchez et vous trouverez ! Le trésor est en vous ! » Cette artiste, qui qu'elle soit, semblait voir des fabriques à nuages à la place des usines, et j'aimais sa manière de repeindre le monde.

M'espionnait-elle alors ?

J'arrivais au guichet. Personne. De longues allées, des boiseries élégantes, un lustre gigantesque, quelques nobles statues, des tables d'écoliers et de larges ouvrages. C'était un bel l'endroit, feutré, habité.

Quand, à ma grande surprise, surgit face à moi, téléphone à l'oreille, l'improbable hôtesse des lieux. Elle prêtait à sourire, tant son style vestimentaire détonnait. Comme tout un chacun, j'aurais plutôt misé sur une femme à lunettes, vêtue d'un chandail gris. Fi des stéréotypes ! J'avais devant moi un culturiste en herbe d'un court mètre soixante, de disons trente-cinq bougies.

Sur son badge doré, écrit au féminin : « Renée ».

Le grincheux malabar voguait bodybuildé, les cheveux gominés, une étonnante moustache lui dévorait la bouche. Des lunettes bleu électrique encerclaient ses yeux noirs qui balayaient le parquet où glissaient ses clinquantes chaussures à lacets dorés. La bibliothèque me semblait soudain prendre des allures de cabinet de curiosités.

À observer cet homme, rien n'était impossible. Je me mis à rêver. Les statues s'y baladaient-elles à la nuit tombée ? Les personnages de roman conversaient-ils entre eux derrière les portes closes ? Les livres oubliés déployaient-ils leurs feuilles pour rejoindre l'espace des auteurs à succès ? Tout me semblait possible en ce lieu singulier.

Son langage de charretier me fit revenir à moi. Je m'apprêtais à l'apostropher avec un frêle élan alors qu'il remerciait pour le moins nerveusement la dame à l'autre bout du fil :

« Oui, madame Grimot, mais je vous redis qu'on a pas ça en boutique ! Comprenez pas l'français, ou quoi ? L'ordinateur, il dit non ! J'ai pas ! Point barre ! J'vais pas vous l'pondre non plus ! Ohhhhh ! Allez, oui, c'est ça. Au revoir ! »

L'homme raccrocha furieux puis marmonna solo :

« J'te jure. Y en a qui z'ont pas d'âme ! Vieille pie, va ! »

Manifestement, Renée enfant n'avait pas chéri son Bescherelle. À coup sûr, il n'était relié aux livres qui l'entouraient que par l'échelle qui permettait de les atteindre. Un barreau après l'autre… Bon ! Inutile de lui dire. Il paraissait susceptible. Poliment, j'avançais :

« Excusez-moi. Seriez-vous le gestionnaire des lieux ? »

L'homme releva la tête, bougon, presque surpris que j'en vienne à mon tour à le solliciter.

« Gestionnaire ? Gestionnaire ? J'ai une tronche de range-papier, moi ? »

Non. En effet.

À plonger dans ses yeux, j'étais pris de vertige. Qui plus est, j'étais un brin surpris car il était rappelé sur son propre pupitre les vertus du silence. Le volume de sa voix était proportionnel à celui de ses muscles.

« Bon. Écoutez, euh... Renée.

— Non, c'est pas mon nom, répondit-il, blasé. On m'a donné ce badge pac'que là... Ben... Je la remplace. J'ai pas vraiment eu le choix.

— Qui ça ?

— Ben, Renée, pardi ! Elle s'est fêlée l'coccyx en tombant d'l'escabeau. Et du coup, ben, c'est moi qui joue les intellos. Mais moi, j'aime pas les livres. C'est l'équipe de l'adjointe qui m'a cloué ici. Pas eu l'choix ! Comprenez ? J'suis pas une liseuse ! Mon truc à moi, c'est...

— Oui, oui... »

Je le coupai d'une traite, un brin cinglant. Bon, j'avais tout de même du flair. La Renée authentique portait sans doute alors des lunettes à chaînette et un chandail en laine. Soit. Laissons-la à ses fêlures. Elle avait prêté sa place à cet Ostrogoth...

« Cher monsieur, je cherche de la documentation sur l'histoire du village, et plus précisément, des informations sur la grande horloge qui fut construite dans les années cinquante au centre de la place. Vous la voyez, cette horloge ?

— Un peu, mon n'veu. »

Je marquais un point.

« Merveilleux ! Sauriez-vous m'indiquer dans quelle allée chercher ? Pour ne rien vous cacher, je suis un peu pressé. »

Là, et contre toute attente, il eut une étincelle soudaine et colorée. Comme si les deux fils qui erraient dans sa tête s'étaient enfin touchés. Ses yeux papillonnèrent, et j'y vis comme un signe.

« Ah y est ! J'me rappelle ! Ton rayon, là : "histoire de la ville et monuments trucmuches", il est juste à côté des brochures de waterpolo ! C'est un coin perdu d'la bibliothèque qu'intéresse pas grand monde. En vrai, c'est là que les ados s'planquent pour s'rouler des patins et pas fâcher Renée.

— Où se trouve-t-il ? demandai-je amusé.

— Tout au bout, dans l'virage, à côté du Jésus. Enfin d'la statue, quoi. »

Il avait l'air content. Un peu comme un enfant qui aurait retrouvé son doudou dans un bac à chaussettes… Ainsi soit-il. Jésus l'aimait sans doute au moins autant qu'un autre !

J'accélérai le pas vers le rayon souhaité. Il y avait là des livres sur deux rangées anciennes tapissées de chewing-gum et d'illustres gravures façonnées au couteau : « Renée la pisseuse », « Kiki m Renée », « Nikez tous vos maires ! » De toute évidence, la municipalité comptait ici-bas ses farouches opposants. Face à tant de frivolités et d'amour pour la langue, je m'attelai à ma tâche.

Le premier de la pile ne m'enseigna rien d'essentiel. Le deuxième non plus, et j'enchaînai les pages des ouvrages abîmés, un brin désabusé de ne lire que du vent. Quand, à la septième pioche, j'en extirpai enfin le Graal tant espéré. Alléluia ! Je le tenais ! J'avais entre les mains un livre qui parlait de l'horloge arthurienne. Jésus, de sa hauteur, me souriait fièrement, comme si son Saint-Esprit avait guidé ma main et je lui adressai un p'tit clin d'œil filial, histoire de m'acquitter de cet élan des cieux. Captivé, je feuilletai l'ouvrage poussiéreux, tombé aux oubliettes de la bibliothèque.

En son sein, plus de seize pages consacrées à la divine horloge. Quelques photos d'Arthur en plein travail, les plans originaux dudit édifice et une biographie couplée d'une interview datée. Victoire !

Attisé, je dévorai chaque ligne et puisai l'insuline qui manquait cruellement en mon cœur diabétique.

Arthur Mariposa était plus qu'un grand homme. Il avait, semble-t-il, construit bien des merveilles. Marie avait raison : c'était un type discret qui ne parlait de lui que pour vanter les autres, et j'avais sous les yeux un indice important. Arthur s'était marié en 1952 à une dénommée Marie-Joséphine Bernard, fille de Lucette Bernard et de père inconnu. Ensemble, ils avaient eu une unique fille : Angéline Mariposa, la mère de Marie. J'en savais un peu plus sur ma belle disparue.

Enfin, j'avais une piste. Pour sûr, Mister Holmes eût été fier de moi !

Ces éléments en tête, je remerciai « Renée » qui m'écrasa les doigts d'une poigne virile et retrouvai Yvonne au Café des Lilas alors que onze heures sonnaient. J'en savais un peu plus et sentais les planètes s'aligner de nouveau.

17

Les sans honneur

Fidèle à son jargon, elle m'accueillit chaudement :

« Comment y va, mon cœur brisé ?

— Ça va, ma belle Yvonne. Comme l'envie d'un café avec un demi-sucre et une chocolatine. »

Elle me fit les gros yeux.

« C'est moi ou j'ai l'oreille qui siffle ?

— Comment ça ?

— Ouvre grandes tes esgourdes et répète après moi : on dit un *pain au chocolat* ! Tu vas quand même pas t'y mettre, toi non plus ? *Un pain au chocolat !* Bougre d'âne ! C'est simple, c'est précis, c'est français ! Y a plus à tricoter ! »

Elle était pittoresque. Un ovni poétique. Un cercle des poètes disparus à elle seule !

« Dis-moi, chère linguiste, osai-je avec humour. Toi qui habites ici depuis nombre d'années et qui connais ces lieux comme ton chat les connaît, as-tu jadis croisé, ou connais-tu encore, une famille Mariposa ou une famille Bernard ? »

Elle fit une petite moue.

« Et comment, mon curieux ! »

Je jubilais d'impatience.

« La famille Mariposa est une sacrée institution. Ils ont participé à l'éclat du village. C'est d'ailleurs le grand-père qu'a sculpté notre grande horloge. »

Elle y planta les yeux comme on dévore l'azur.

« N'est-elle pas magnifique ?

— C'est peu de le dire !

— Arthur, qu'il s'appelait. Un homme bon, respecté des anciens.

— Je sais. J'ai lu dans un ouvrage quelques lignes sur lui.

— Ça, c'était un artiste ! Un vrai ! Des comme on en fait plus…

— Je veux bien te croire ! Son travail est admirable en tout point. J'ai pu le constater. Et la famille Bernard ? » demandai-je, intrigué.

Je la vis se crisper, plus hésitante.

« Ah, les Bernard… C'est une autre histoire. J'en entends plus parler, et c't'aussi bien comme ça. Mais… On peut pas vraiment dire qu'ils soient faits du même moule.

— Que veux-tu dire par là au juste ?

— Rien. Oublie ces gens, veux-tu ! Ne va pas farfouiller. Trop de larmes ont coulé. C'est du passé. Et puis, tu sais… »

Elle s'interrompit brutalement, comme saisie d'une soudaine clairvoyance. Son intuition venait de lui dicter mon drame.

« Attends mais… Ôte-moi d'un doute… J'ai peur de comprendre ! »

Mon regard acquiesça.

« Me dis pas qu'ça a un rapport avec Blanche-Neige ?

— Si. Marie est la petite-fille d'Arthur Mariposa et de Marie-Joséphine Bernard.

— Oh, nom d'une pipe ! Tu veux dire que la douce que tu bécotais hier est la môme d'Angéline ?

— Oui.

— Ah… De Dieu, soupira-t-elle agacée. Je me disais bien qu'son visage me rappelait quelqu'un. »

Stupéfaite, elle me déclara, directe :

« Bon, mon bel ami, j'passerai pas par quatre chemins et je m'excuse à l'avance ! Je vais m'efforcer de faire court et de t'en dire l'essentiel mais tout cela m'en coûte, alors ne m'en veux pas : c'est une mauvaise pioche ! Ni plus ni moins… Change de carte, illico ! C'est bien tout ce que je peux te conseiller.

— Pardon mais… »

Elle me coupa d'une traite.

« J'te pardonne ! Mais si tu t'entêtes, mon pleureur, crois-moi, tu vas en chialer des rivières à t'en assécher l'cœur. Ça, c'est moi qui te le dis !

— Je ne comprends pas ! »

Elle hésita avant de poursuivre :

« Puisqu'il faut tout expliquer… Angéline Mariposa était une femme maudite. On était à l'école ensemble il y a trente ans. Elle avait tout pour elle. La beauté, le talent, un sourire à faire pleurer les Vierges. Enfin… Tu vois le CV ? Gentille, serviable, le cœur sur la main, tout pour réussir mais… la vie l'a brisée.

— *Brisée* ?

— Sa famille, du côté des Bernard. Tout cela remonte… Les Bernard étaient riches, mais pas juste friqués. Non ! Riches comme le Vatican. Du blé à en brûler pour faire claquer les bûches. Bref, ils avaient du pouvoir plein les poches et possédaient jadis toutes les terres alentour. C'était un clan à craindre. Et puis, tu sais c'qu'on dit, dans ces castes mafieuses : On y entre et on n'en sort pas comme on veut…

— OK. Et alors ?

— Alors ?!? Fais jouer ton bon sens ! Quand la mère d'Angéline, la Marie-Joséphine, épousa l'artisan… À ton avis ?

— Ça n'a pas plu à sa famille, c'est ça ?

— Ah ben ! C'est peu de le dire. Ils se sont ulcérés de la voir s'embarquer avec un cul-terreux comme lui. Ça a mis le feu aux poudres ! Et ça s'est pas arrangé quand ils ont eu la mioche, enfin, notre Angéline, la mère de ta Marie. Les Bernard ont tout fait pour détruire cette femme. Ils lui en ont fait baver. C'est qu'ils étaient nombreux. Et comme elle n'était pas le fruit d'une union validée…Voilà ! Ils lui ont fait payer sa dette. Humiliations publiques, coups bas, viles attaques, et j'en passe… Crois-moi, ça, ils l'ont abîmée, sans vergogne, et ce… jusqu'à la fin.

— Comment ça, *la fin* ? Tu veux dire qu'elle est…

— Eh oui, mon garçon. Elle est morte, la pauvresse ! Envolée à cause d'eux, un triste soir d'été. De désamour, de détresse… Elle a pas supporté.

— Que lui est-il arrivé ? »

Elle prit une voix plus calme.

« Un soir de juin, le 30 exactement, on l'a retrouvée pendue à quelques lieues d'ici, accrochée à un chêne. Tu te rends compte ? Pendue ! C'est dire s'ils l'étouffaient ! La mère de ta chérie n'a pas supporté les morsures de la meute. Elle a laissé une lettre où elle balançait tout. Les violences, les lâchetés, les noms des “sans honneur”. Des années à encaisser les coups, à petit feu. Ils l’ont poussée à l’acte.

— Mais c’est horrible !

— Peu de le dire… Et tout ça pour quoi ? Hein ? Le fric. Toujours le fric. Monde de fou…

— Je n’arrive pas à y croire, répondis-je, atterré.

— Ça fait presque vingt ans, maintenant. Mieux vaut n’plus y penser. Angéline a mis fin à ses jours, voilà. Le cœur a ses raisons que l’horizon ignore. Mais c’était dur à vivre pour tous les gens d’ici. Une si belle femme… Si lumineuse, si entière. Rien que d’y repenser, ça m’fait mal.

— On aurait mal à moins.

— C’qu’est cruel, c’est que la gosse a dû grandir sans mère. Tu t’imagines, toi ? Un beau matin, ta mère t’emmène à l’école et, au goûter, les flics viennent te chercher pour t’expliquer qu’elle ne r’viendra jamais. Personne ne mérite ça, pas même les pires raclures. »

J’étais estomaqué mais souhaitais savoir.

« Juste par curiosité… Dis-moi, sa mère : À qui étaitelle mariée ?

— T’es un sacré curieux toi ! Ben… C’est pas tendre non plus. La pauvre avait vraiment chopé la poisse au corps. »

Elle finit mon café.

« Amoureuse comme d’aucune, Angéline avait trouvé refuge dans les bras d’un costaud, un forban écorché, certaine qu’il la tirerait d’affaire.

— Et ? »

Elle marqua un silence, nerveuse.

« Et… elle a épousé ledit “Pierrot la chique”, mon garçon. Voilà. Tu sais tout ! Un loup des casinos, qui a pris sa retraite. Un grand, pas très commode, du genre à ne pas froisser, si tu vois c’que je veux dire. Je les ai bien connus lorsqu’on était plus jeunes mais lui, je ne le vois plus. Il est devenu discret et vit sur les hauteurs dans un ancien manoir. Pauvre homme… Je comprends mieux pourquoi son dévoué croque-mort ne me revenait pas. Crois-moi, bel oiseau, mieux vaut ne pas titiller ces gens-là. Va pas te brûler les ailes.

— Merci, Yvonne, mais… Si tu peux m’indiquer où se trouve cette maison ? Juste aiguiller mes pas… J’ai besoin d’une réponse. Une réponse, voilà tout !

— À quoi bon insister ! » trancha sans prévenir cette voix glaciale que j’aurais préféré ne plus jamais entendre.

Et je sentis soudain une ombre maléfique envelopper tout mon corps pour mieux m’emprisonner. Voici que réapparaissaient ce maudit lévrier et son sinistre maître. Revenaient-ils tous deux du royaume des sans âme ?

18

Fantoche

L'ogre savait se faire d'une discrétion fantôme. De nouveau, nous ne l'avions pas senti approcher. Son chien, sans en démordre nous tenait en laisse. Mais pour la première fois, l'homme me reconnaissait. J'y vis là un progrès, presque une invitation au bal des insensibles.

Il avait pour mission, dit-il, de me parler et souhaitait de suite s'entretenir avec moi. Sa voix aigre me donnait des frissons mais ses mots, si glacials fussent-ils, pourraient peut-être alors me guider vers Marie au détour d'un aveu. Je restais attentif.

« Monsieur Pierrot m'envoie vous demander de laisser sa fille tranquille. Disparaissez de sa vie ! Marie est déjà très fragile. Son père ne tolère plus qu'elle s'égare avec vous. Ce que je viens de dire, je ne le répéterai pas ! »

Le ton était direct, le regard menaçant. Yvonne ne broncha pas, retourna à ses verres, gardant un œil en coin, sur nous, depuis le zinc.

Pour ma part, j'aurais pu acquiescer et m'en aller d'une traite. Mais je ne sus m'y résoudre. Jamais je n'aurais abandonné Marie une nouvelle fois. Mes papillons bruissaient.

« Monsieur, qui que vous soyez, vous direz à son père que…

— Je n'dirai rien du tout ! »

Colérique, il ne me laissa pas le temps de finir.

« L'heure n'est plus au dialogue ! Vous comprenez ? Il en va de sa vie. Car Marie est malade, pauvre crétin ! Mais vous l'aviez saisi. N'est-ce pas ? »

Mon cœur eut un sursaut.

« Que dites-vous ?

— Comment ? Vous l'aurait-elle caché ?

— Me cacher quoi ?

— Sombre inconscient ! La pauvresse souffre d'une anomalie cardiaque que les médecins lui ont décelée petite. Elle doit éviter toute émotion forte. Son cœur est trop fragile. À l'ignorer, c'est bien vous et vous seul qui lui faites prendre des risques ! Elle doit suivre un traitement et vivre sans excès. C'est le prix à payer. »

Il conclut, fermement.

« N'vous approchez plus d'elle ! Ai-je été clair ? »

Limpide, en effet.

Et sur cette injonction le croque-mort souleva son chapeau, satisfait, et disparut dans les pas de son chien. Triste marche funèbre. J'en perdis tout espoir.

Affligé, je quittai ma chaise, écrasé sous la peine. Et rejoignant mon bus sous quelques gouttes de pluie, je m'éloignai, défait, de la place du village. Fantoche inanimé, je voyais défiler un triste paysage et mon ombre impuissante.

Yvonne avait raison et j'avais de quoi craindre.

19

Le ciré jaune

Ses mots m'avaient meurtri. Je peinais à réaliser ce qui advenait.

Lorsque, arrivant chez moi, sur le seuil de ma porte…

Recroquevillée sur elle, silhouette fébrile, je découvris cette fille qui attendait quelqu'un, quelqu'une, allez savoir. Jamais vue jusqu'ici. La vingtaine, diaphane, le visage constellé de fines taches de rousseur. Vêtue d'un ciré jaune, on eût dit une Bretonne avec ses bottes de pluie.

Que faisait-elle assise sur mon palier éteint ? Qu'attendait-elle au juste ? Elle semblait toute gênée, confuse d'être visible lorsqu'elle m'interpella d'une voix timorée :

« Alexandrin ? »

Surpris, j'interrogeai :

« Nous sommes-nous déjà vus ? »

La pauvre était anxieuse, fortement agitée.

« Je vous prie de m'excuser. C'est Marie qui m'envoie pour vous porter cette lettre. »

À son nom, tout mon être se retrouva.

« Marie, dites-vous ? »

Soudain, je m'animai.

Elle sortit de son sac une enveloppe de vélin et la tendit vers moi. L'odeur me transperça comme une signature. Je comprenais enfin qui était l'inconnue.

« Je suis Lola, sa plus fidèle amie. Presque sa petite sœur, comme elle aime à le dire. C'est moi qui l'attendais au Café des Lilas quand vous vous êtes croisés l'autre jour. J'aimerais prendre le temps de mieux vous expliquer mais il est dangereux pour moi de me trouver ici car même par temps pluvieux, ils gardent un œil sur moi.

— *Ils ?* Mais qui ça ?

— Pierrot, voyons ! Son père. Et Barbitus, son fidèle associé, l'homme au funeste chien.

— Tiens donc ! C'est ainsi qu'il s'appelle ? Rien d'étonnant, ma foi. Prénom d'écorché ! En même temps, personne n'aurait pu croire qu'il s'appelait Aimé ! »

Elle sourit timidement.

« Barbitus, c'est son nom. Enfin, c'est ainsi qu'on le surnomme. Si mes souvenirs sont bons, son prénom, c'est Maurice ou quelque chose du genre.

— Dans Maurice, il y a mort, c'est déjà plus fidèle.

— Cet homme est une énigme, dit-elle en soupirant. Ne vous y perdez pas. Il travaille pour Pierrot depuis plus de vingt ans. Il est pour ainsi dire son homme de main, ou son lévrier à lui, si vous préférez. »

Je riais jaune.

« Tous deux me tolèrent parce qu'ils m'ont vue grandir et parce que je suis seule à savoir consoler Marie lorsqu'elle est en détresse.

— À dire vrai, je ne l'ai pas vue triste.

— Disons qu'elle connaît, comme chacune, ses heures de solitude. Marie est trop sensible, trop aimante, trop tout court. Je la connais par cœur. Nous avons grandi ensemble. »

Ses yeux ne mentaient pas. Elle tenait à elle, plus encore que ses mots ne pouvaient la décrire.

« Ne restons pas là, Lola. Entrez. Je vais nous faire du thé.

— Non. Je ne peux m'attarder plus. Pierrot ne plaisante pas et attend mon retour. Je dîne chez eux, ce soir. Ce n'est pas un jeu, Alexandrin. »

Je saisis l'enveloppe dans une presque étreinte.

« Vous manquez à Marie, soyez-en sûr. Je devais vous le dire, elle me l'a fait promettre. Quand son père ordonna qu'elle ne vous verrait plus, elle me transmit cette lettre qu'elle a écrite cette nuit. Ces mots-là sont pour vous ! »

Alors, mes papillons se remirent à bruire doucement.

« Dites-lui que je la sens, qu'importe la distance, que je suis impatient de la revoir enfin et… qu'elle est *mon* parapluie. Dites-lui. Elle comprendra. »

Elle me prit furtivement dans ses bras de coton et s'enfuit à la vitesse d'une flèche, dévalant les escaliers comme si elle cherchait à fuir son ombre.

Cette lettre, une oasis au milieu du désert. J'avais enfin des mots pour me désaltérer.

En cet instant précis, rien ne put me défaire de ce sourire de l'âme qui assiégea mes joues. Sourire. C'était sans doute la clef. Les enfants savent cela, les adultes l'oublient. Sourire avec le cœur, la bouche et puis les yeux. Cela paraît si simple quand tout est à sa place. Si complexe pourtant quand les ombres s'en mêlent.

20

Les tulipes

Attente délicieuse, je dégustais l'instant.

Dehors, une pluie diluvienne s'abattit soudain, tambourinante.

Je franchis ma porte, retrouvant soulagé mon îlot de fortune. À l'époque, je vivais sous les toits d'une chambre de bonne au tout dernier étage d'une bâtisse ancienne. De mon petit velux, le ciel s'électrisait. *C'est un mal nécessaire*, pensai-je. Il faut quelques éclairs pour dissiper les peurs et apprécier la paix des beaux jours retrouvés. J'avais en main cette lettre qu'il me tardait de lire et mon cœur chavirait… lorsque les plombs sautèrent.

Clac !

Une gifle capricieuse, un sursaut puis le noir.

Tâtonnant à l'aveugle, et, préservant tant bien que mal un précaire équilibre, débutait en fanfare une périlleuse quête aux allumettes. Avec l'agilité d'un éléphant de salon, j'encastrai mon genou dans l'angle ciselé de ma traître table basse. Bim ! La douleur dévia ma trajectoire jusqu'à ce que mon front lourd rencontre l'IPN de la cuisine ouverte. Bam ! De là, je m'effondrai sans gloire sur ma collection de vinyles, écrasant au passage une pépite de Marcel Dadi ayant appartenu à mon défunt père. J'étais un peu sonné et d'autant plus furax que je retrouvai ladite boîte d'allumettes à sa place coutumière. Il y a des jours comme ça…

J'allumai trois bougies sur un vieux chandelier et plongeai sous la couette.

Au creux de la précieuse enveloppe, quelques pétales séchés comme autant de promesses. Des tulipes, pourpres. Son écriture dansait : souplesse des traits, finesse du pinceau. J'entamai la lecture, retenant mon souffle, enraciné aux mots dont elle était la source.

Mon bel Alexandrin. J'aurais voulu te dire tout cela un peu plus tôt, prendre le temps, sereine, de tout te dévoiler en d'autres circonstances, mais la vie me rattrape, et je voudrais extraire les fleurs des maux qui nous entourent.

Par où donc commencer ?

De prime abord, mon père n'est pas de ceux qui aiment les papillons. Voilà pourquoi jamais je ne porterai son nom. Leur légèreté semble l'effrayer. Le nom que j'ai choisi, lui, me vient de ma mère. Cette mère qui m'a quittée lorsque j'avais six ans, qui n'a pas supporté la sauvagerie des gens et leurs tristes manières. Elle, si tendre, si douce, est partie tragiquement sans même nous dire au revoir, laissant à mon grand-père bien plus de désespoir qu'il n'en fallait pour vivre.

Lui qui a tant donné aux gens de ce village est mort abandonné, sans même qu'on le soulage d'avoir vécu ce drame. Ma grand-mère l'a soutenu tant qu'elle était en vie, mais partit avant lui d'une triste embolie il y a de cela dix ans.

Je réside chez mon père depuis, dans les hauteurs. À l'angle de la place des Anciens-Combattants, derrière l'église en ruine. Lui ne s'est pas remis de cette horrible perte, et j'ai fait comme j'ai pu pour rêver mes lendemains au milieu de tout ça. J'ai poussé dans les ronces, Alexandrin, sensible malgré tout, mais entourée d'épines.

Bien que ce soit difficile, il me faut te l'écrire. Mon père ne me donne pas vraiment de quoi rêver. C'est un homme écorché, possessif, solitaire, qui a sous sa gouverne quelques gens de confiance dont Maurice Barbitus, l'ogre au grand lévrier qui m'a surprise hier. J'ai parfois du mal à comprendre son comportement, mais ses yeux sont les miens, et je l'aime malgré tout.

S'il n'y avait que cela, ce serait bien suffisant. Malheureusement, à la mort de ma mère, une maladie de cœur s'est éprise de mon sort. Je n'ai pas su calmer mon arythmie soudaine. C'est entre autres pour cela que je t'ai fait faux bond l'autre soir sur la dune. Il fallait que je rentre pour raisons médicales : faire prendre ma tension, calmer mes battements. Je suis suivie de près par une seconde mère qui soigne comme une louve mon fardeau de géant. Et j'ai à mes côtés la Lola dévouée qui t'a porté cette lettre.

Tu cherches tes papillons ; moi, je cherche la paix pour soigner mes blessures. Nous nous sommes bien trouvés, menuisier des Lilas.

Mon père me fait suivre, soucieux de me voir revenir aux bonnes heures. Je ne peux lui en vouloir, et tu dois le comprendre. Je suis son unique fille... C'est un tempérament qu'on ne peut modérer. Laisse-moi un peu de temps. Je ferai de mon mieux pour qu'enfin il t'accepte parmi nous.

Je crois en notre étoile. Ne précipite rien, je dénouerai ces nœuds avec obstination.

Une dernière chose : retrouvons-nous jeudi derrière l'église en ruine à deux pas de chez moi. Disons vingt et une heures. Mon père sera en ville. Il pense que je vais dormir chez Lola. Fais-toi discret et ne passe surtout pas devant le portail bleu. Ce grincheux lévrier que l'on nomme Spartacus te suivrait dans ta course et gâcherait mon plaisir.

D'ici là, reste sage.
Il est déjà demain.
Marie

Il a cela de doux le chant des papillons… On s'y love avec joie.

L'orage lui, s'acharnait sur le village de brumes. Les tuiles tambourinaient. Mais bercé par le flot de ces mots amoureux, je n'étais plus inquiet de la colère des dieux.

Observant le spectacle, j'allumai la radio. Et dans le crépitement d'un vieux système phono, comme sorti de nulle part, voici qu'un air joyeux me chatouillait l'oreille… Une chanson d'hier, une chanson d'espoir, une chanson si belle qu'elle invitait à croire pour les jours à venir que rien n'était perdu.

« Y a d'la joie… Bonjour, bonjour, les hirondelles… Y a d'la joie. Dans le ciel par-dessus les toits. Y a d'la joie et du soleil dans les ruelles. Y a d'la joie partout y a d'la joie ! »

21

L'or du commun

Le lendemain, huit heures

À mon réveil, bercé de son empreinte, je prenais doucement conscience que nous étions dimanche et qu'il m'allait falloir patienter fort longtemps avant nos retrouvailles.

Aussi, je m'activai, souhaitant la surprendre. Je cherchais une idée ou l'utile étincelle. Ah ça, des idées… La mystérieuse Duchesse des bons conseils en semait à la pelle. Sur la façade vieillotte de la boulangerie Gaillot, elle avait immortalisé cette recette ancestrale :

« Pour émouvoir :

— Cueillir une idée, pas trop mûre.

— L'éplucher sans à-coup.

— Saupoudrer d'un soupçon d'audace.

— Y ajouter un zeste d'originalité, une pincée de poésie.

— Faire revenir à feu doux puis laisser reposer.

Parole de Duchesse ! »

Inspiré par ses mots, j'ouvris mon atelier, affûtant mes outils, me mettant à l'œuvre. J'y sculptai de mes mains un doux morceau d'érable en forme de croissant pour en faire un bracelet. Marie aimait le naturel. Mieux valait lui offrir quelques douceurs gravées sur du bois brut qu'un bijou trop brillant. Les paroles du vieux Georges s'offrirent à mon esprit :

« Un p'tit coin d'parapluie contre un coin d'paradis. Tu avais quelque chose d'un ange. »

Je soignais chaque syllabe.

Aimer disait ma mère, « c'est cajoler chaque heure, quérir l'or du commun et le répandre encore ». Je préparai mon effet, sans pour autant faire taire ma spontanéité. Suffirait-il d'y croire ?

Lundi

Je cueillis mille couleurs sur les jardins fleuris de la rue des Lilas, persuadé que ces fleurs dérobées emporteraient avec elles le doux parfum du lieu. J'en fis un beau bouquet pour parfumer la nappe achetée pour trois sous au brocanteur du coin. Une nappe à l'ancienne, rouge et blanche, à carreaux. Classique, indémodable, comme un air de bistrot.

Dans le feu de l'action, je remettais sur pied le vieux vélo de mon père. Je le lustrais et soignais les détails. Une balade à deux roues pour regagner mon nid. L'idée me séduisait. Et puis, c'était parfait pour flâner au village. Un seul vélo pour deux… Yves Montand eût aimé !

Mardi

Je préparais quelques joyeuses bricoles à nous mettre sous la dent. Du champagne, des cannelés, un clafoutis maison. Les mains dans la farine, je dessinai son nom pour adoucir la pâte, et me découvris là l'imbécile naïveté des amoureux transis ! *Bref !*

Mercredi m'inspirait pour choyer mon appart. Quelques bougies par-ci, quelques lampions par-là, des notes fraîches et chantantes, de la lavande aux fenêtres. Et puis… ma botte secrète. Mais je n'en dirai pas plus.

Tout était enfin prêt et j'étais cet Ulysse rêvant nos retrouvailles.

Marie, toujours Marie… Son nom était présent dans toutes mes attentions.

Telle une précieuse alliée et avec minutie, l'horloge de la Grand-Place fit le reste pour nous. Jusqu'à ce jeudi soir, au terme tant attendu. Il sonnait l'heure enfin d'aller l'y retrouver sur les ruines de l'église.

22

Le petit bal perdu

Affublé d'une capuche, le visage recouvert, je me faisais discret à en longer les murs et pourfendais mon ombre pour ne pas retenir l'attention des passants. Esquivant soigneusement le dangereux portail bleu, j'empruntai à vélo des chemins escarpés pour me rendre à deux pas du royaume où Marie vivait emprisonnée. Je gardais en mémoire le triste sort d'une Juliette éprise d'un Roméo damné et restais sur mes gardes pour ne pas répéter les légendes assassines.

Vingt et une heures sonnaient.

Assis sur une pierre de l'église dévastée, seul au milieu des ruines, j'attendais. L'édifice n'avait pas survécu à la folie des hommes. Bombardé durant la Seconde Guerre, il n'en subsistait qu'un triste champ minéral. Quelques voûtes écorchées y résistaient encore à l'érosion du temps.

Je patientais en silence, décomptant dans ma tête les secondes invisibles. L'attente y reculait, comme on fête une année. Dix, neuf, huit, sept, six… Lorsqu'un accent chantant échappé d'une allée parallèle vint m'effleurer l'oreille.

« Alexandrin… drin drin drin drin. »

L'écho se joua de moi avec l'agilité d'un oiseau capricieux. Petit à petit, il se fit plus précis. Et je vis sa silhouette pointer en contrebas.

« Rejoins-moi, bel oiseau, fais quelques pas de plus. Nous serons protégés des regards indiscrets. »

Je me laissai guider, descendant quelques marches sous une voûte préservée de l'église en lambeaux. Pénétrant dans ce temple où jadis les habitants du coin louaient la Vierge. Devais-je y voir un signe ?

Dans un élan de joie, Marie me revenait par l'effet papillon.

Je l'étreignis si fort que ses pieds décollèrent, et voici qu'elle flottait à mon cou, suspendue. Je puis vous le jurer à en brûler les miennes : la belle avait des ailes harnachées dans le dos. La gravité feignait de ne plus exister.

« Te revoilà seulement, susurra-t-elle alors.

— Je ne pouvais plus attendre.

— N'aie crainte. Ici, nous ne risquons rien. Mon père est parti comme prévu. Et Barbitus ne tardera pas à fermer ses volets. Il couche à deux cents mètres, dans la cahute au fond du jardin. C'est un ogre casanier.

— Je m'en suis tant voulu de te laisser partir. Tout est allé si vite.

— Mais tu es devant moi. »

Sa voix embrasait tout mon être. Elle me magnétisait.

« Tu sais, je t'ai lue attentivement. Ton histoire me bouleverse. À te savoir fragile, j'ai si peur de te perdre à présent. »

Elle déposait sa main de feu dans mes fines boucles brunes.

« Allons, ne t'inquiète pas. Mon cœur est arrimé à la beauté du monde. Il bat pour embrasser les douceurs de la vie. Te savoir avec moi ne peut que l'apaiser. Sache qu'il ne se déchire, ne s'emballe violemment que lorsqu'une tension vive contredit sa cadence. Il ne peut pas souffrir de nos tendres étreintes. »

Enjoué, je m'avançai d'une case :

« Dans ce cas, j'ai quelque chose pour toi. »

Je lui tendis le bracelet que j'avais façonné.

Sensible, elle y promena ses doigts, puis en huma l'essence pour y lire à voix basse le message qu'il contenait. J'avais mis tout mon cœur à graver ces mots-ci, mais les lire sur ses lèvres…

« Un p'tit coin d'parapluie contre un coin d'paradis. Tu avais… »

Je la sentis éclore.

« Alexandrin, c'est magnifique. Je… »

Elle cherchait ses mots mais ne les trouvait plus. Ses yeux parlaient pourtant. Je ceignis le bracelet à son blanc poignet. Elle le contempla dans un presque silence et me tendit joyeusement les bras, rieuse.

Précautionneux, j'ouvris enfin le bal, invitant à chanter sur un petit mange-disque que j'avais apporté quelques voix familières. Je feutrais le volume bien sûr, pour ne pas attiser les curieux alentour. Il nous fallait ici jouer de discrétion.

Et c'est d'abord Bourvil qui vint bercer l'instant. Ces mots résonnent encore en mon âme amusée comme un air qui depuis ne s'est jamais éteint. Sur les touches bien lustrées d'un vieil accordéon, on l'entendait chanter ce couplet de tendresse :

« C'était tout juste après la guerre, dans un petit bal qu'avait souffert, sur une piste de misère, y en avait deux à découvert… »

Autant dire que les ruines sur lesquelles nous flottions s'y prêtaient à merveille.

« Qu'elle est belle cette chanson ! s'exclamait-elle, conquise. Tu ne pouvais pas trouver plus bel air pour me faire danser.

— Danser ? Ma foi, pourquoi pas. Mais sur la pointe des pieds alors. Restons prudents. »

En piètre cavalier, j'acceptai cette valse délicate avec la demoiselle qui me dévisageait comme si j'avais l'allure du prince dont elle rêvait lorsqu'elle était gamine. Maladroit que j'étais, un brin désordonné, disons qu'un temps sur trois je marchais sur ses pieds.

Nous nous en amusions.

Lorsque enfin le couplet de l'artiste consumé, nous fredonnions tous deux, ma tempe contre le sienne, l'intemporel refrain :

« Non, je ne me souviens plus du nom du bal perdu. Ce dont je me souviens, c'est de ces amoureux qui ne regardaient rien autour d'eux. » Avait-il écrit ces mots-là pour nous ? Sans doute !

23

Sans arme, sans armure

Passée la chaude étreinte, je dressai la tablée et nous sortis deux coupes. Par mégarde, le fin bouchon « volplana » à dix mètres. Et nous le regardâmes, petite fusée de liège, traverser l'atmosphère dans de joyeuses vrilles. Tel un heureux convive, il atterrit sur pied, au sommet d'une pierre dans une ultime voltige. Le ton était donné, et sans nous concerter, discrets, nous l'applaudîmes du bout des doigts.

Sous le regard muet de ce gardien du temple, petit soldat de bois, Playmobil d'autrefois, j'approchai dans son dos pour lui tendre son verre. D'heureuses vibrations nous encerclaient, complices, et prenaient le relais de nos mots retenus. Un baiser dans le cou tandis qu'elle contemplait la lune en plein éveil. Une lune puissante, rousse, sanguine. L'une de celles qui ordonnent à nos corps de s'étreindre.

Caressant d'une main son buste délicieux, de l'autre tenant gaiement l'élixir pétillant, je susurrai :

« J'aime tout de ta douceur, Marie. J'aime être auprès de toi, pianoter ta peau lisse. »

Tout son être m'animait, des pieds jusqu'à la tête. Les mots n'auraient dit plus, mais mon corps éloquent…

Elle se tourna vers moi et me sentit ému. Alors, autant le dire sans fard et sans fausse note : je bandais, voilà tout. Je bandais joyeusement comme on bande à vingt ans, insouciant et heureux de sentir ses parfums s'échouer sur ma peau. Elle me pêchait sans mal. À sentir mon émoi tout au creux de son ventre, je la voyais sourire, fière de sa prise. Les garçons sont dociles en de telles circonstances. Et puis, sa manière de jouer au chat, à la souris, ses mots effarouchés mais ses yeux en fusil étaient autant d'indices… Quand toute ma maladresse joua en ma faveur.

D'un geste mal dosé, je dénouai mes mains qui flirtaient sur ses reins, renversant nos deux coupes sur sa robe en trapèze. Le champagne pleuvait.

Elle en grinça des dents, tendrement contrariée.

Et je le contemplais, ce savoureux spectacle sous le regard ami de la lune amusée.

Ses fesses étaient trempées de la poupe à la proue, et les bulles pétillaient entre ses cuisses humides. Heureuse effervescence ! Par subtile transparence, cela donnait à voir la culotte en dentelle qui flottait sur ses courbes. Elle était rouge et noire.

Elle s'exclama, surprise, les lèvres au bord du rire :

« Pour un coup d'essai, c'est un coup de maître ! Arrière, Tartufe ! Et regarde autre part ! Ne va pas te brûler les rétines. »

Ça… Pour regarder… Je n'en perdais pas une miette et je feignais, ravi, l'embarras.

« Je suis vraiment désolé, Marie.

— Désolé… Désolé… Avoue que tu es fier de toi. »

Une maladresse après l'autre, un peu gauche, je lui tendis la nappe, rouge et blanche à carreaux…

« Ne reste pas comme ça, sèche-toi, tu vas prendre froid. »

J'avançai là un pion pour une mise en échec. Mais elle avait, sereine, de quoi me faire jouer. Ni une ni deux, la belle se délesta de sa robe, sans que la moindre gêne ne semble la troubler. La reine prenait le roi.

Les yeux rivés sur elle, je ne pouvais me défaire de ses deux petits seins qui flottaient sans soutien, bercés par les courants de la brise orpheline. Souchon avait dit vrai… Si « la vie ne vaut rien », en cet instant d'ivresse rien ne valait ma vie. La peur d'être surpris soutenait l'excitation et ce lieu hors du monde me donnait l'impression d'être à la juste place. Elle, si fragile, pourtant si féline. Était-ce un paradoxe ?

Laissant faire le silence, elle s'approcha de moi et d'un battement de cils, elle m'offrit un baiser d'une inconnue douceur. Mes mains glissèrent alors sur ses hanches mises à nu. Et ces hanches… Quel voyage ! Sublimes odes à la vie ! Elle avait la taille fine d'une danseuse étoile, une cambrure insolente. Tandis que j'explorais ces courbes rebondies, pourfendant son armure, elle se laissa cueillir. Un tout autre langage nous unissait alors : une ineffable algèbre de sensualité et j'osais me glisser en ses contrées intimes. Le velours de son corps sous mes paumes amoureuses dictait sa poésie, boisée, douce comme la soie, ferme comme l'ébène.

Qu'il est beau de vibrer sans arme et sans armure, pensai-je alors, ému.

24

Malotru !

Mais tandis que nos corps poursuivaient leur ballet, s'invitait en ces lieux une tierce présence. Ses pas se rapprochaient, et la prudence voulut que nous retînmes nos souffles. Était-ce un renardeau ? Une licorne en vadrouille ? Non ! Il avançait au nez en reniflant l'odeur de celle qu'il connaissait pour ainsi dire par cœur.

Ce diable de Spartacus débarquait au festin, malotru s'il en fut. À remuer la queue comme pour nous dire « bonsoir », voici qu'il se soulageait nonchalamment sur mon gramophone à piles, histoire de marquer son territoire. Le tour de chant de Bourvil se dégonfla d'un coup et l'animal s'assit, tranquille, imperturbable, me dévorant des yeux comme à son habitude. Marie me regarda, caressant la bestiole qui se laissa toucher. Elle s'en amusait presque.

« C'est donc toi, vilaine bête ! N'aie crainte, Alexandrin, il n'est pas bien méchant. On l'a juste dressé à défendre son maître. »

Elle me voyait inquiet. J'avais beau l'écouter, je n'étais pas serein. Spartacus me fixait de sa noble assurance. Je m'efforçais de me redresser, de bomber le torse, de serrer la mâchoire, mais je n'en menais pas large. Mon ego mis à mal, j'osai néanmoins tendre la main à ce fauve redouté qui s'en vint me sentir tel un loup sur ses gardes. Sa queue cessa ses rondes. Il arriva, bien sûr, ce que je craignais : l'animal se raidit lorsqu'il flaira ma peur et se mit à grogner, nerveux. Effrayé, je retirai fissa mes doigts d'un geste brusque. De quoi mettre en mouvement ce maudit sac à puces qui aboya alors à réveiller les morts !

L'alerte était lancée.

Marie tenta, discrète, de calmer l'animal, minaudant, souriante, comme si elle s'adressait à un bambin joueur. Mais lui ne jouait plus, mais alors, plus du tout. À me voir ainsi fait, il aboya de plus belle pour faire autorité. La réverbération naturelle conférée par les lieux amplifia sa colère, et j'avais l'impression qu'il y avait là une meute à hurler mon déclin. Cabot sans empathie, il me tenait en laisse.

Sans plus tarder, nous entendîmes alors siffler l'orage au loin. Tel chien, tel maître. Barbitus venait de quitter son lit, et je sentis d'un coup mon collier se serrer.

Refusant la défaite, je décidai de jouer l'ultime carte qui me restait. À contrecœur, et pour tout sacrifice, je lançai en offrande mon précieux clafoutis à ce pucier sans âme qui se jeta dessus comme bête en Gévaudan. De quoi faire diversion.

En quatrième vitesse, nous repliâmes bagages et prîmes avec une indiscrète discrétion la poudre d'escampette… Marie trouva tout juste le temps de remettre sa robe et moi, je conservai mes dix doigts d'ébéniste et, je le crois, un semblant de dignité. De quoi courir en somme.

25

À bicyclette

Cent mètres en contrebas, j'enfourchai ma bécane tel un fier destrier exagérant chaque geste, histoire de redorer quelque peu mon blason. Je stabilisai le tout, les pieds bien ancrés au sol. Main gauche sur le guidon, je lui tendis la droite pour qu'elle monte aussitôt sur le trône de ferraille.

C'était une vieille relique, vélo d'antan, avec sa petite sonnette et son siège passager qui, comble du détail, se situait fièrement, non pas derrière la selle, mais sur la roue avant, comme les corbeilles d'osier dans les films d'époque. Un bicycle de grand-mère, tout, sauf un truc viril ! Coq revanchard, je donnai le ton, malgré tout :

« Pose tes fesses dans le panier, laisse tes pieds dans le vide, et tiens-toi bien aux barres. Ah, ouais… Fais une petite prière aussi. Sait-on jamais. »

Marie s'exécuta. Et je pliai béquille d'un coup de talon sec, feignant d'accélérer avec mon poignet droit, histoire de faire rugir ma Harley hors série.

« Vrrrrrr vrrrrr vrrrrr ! »

Un savoureux cocktail de baisers échangés solda notre départ. À la une, à la deux, et… Nous prîmes notre élan sur la piste cyclable, cherchant notre équilibre, éclairés par la lune et par les grains de sable qui prenaient des allures de lucioles solidaires.

Sur les routes escarpées de la ville endormie, nous voguions l'un et l'autre, cheveux au vent. Ma tête sur son épaule, son cul dans ma panière, nous respirions la vie, tels deux mômes en cavale. Elle riait de bon cœur à chaque ralentissement, hurlait sur les dos-d'âne, grinçait dans les virages et chantait à tue-tête sa folle adrénaline.

Il y avait là de quoi errer en insouciance sur mon vélocipède fait de bric, de broc et de boulons rouillés… J'imaginais Rimbaud, Vian, Prévert et Montand nous souffler dans le dos avec camaraderie, la poésie aux trousses.

Passant devant l'horloge, nous saluions Arthur. Marie cria sa joie :

« Papy, regarde !… Tu nous vois de tout là-haut ? Ouvre grandes tes mirettes… À présent : sans les mains ! »

Et elle nous fit l'étoile pour se risquer, heureuse, à perdre l'équilibre, en riant aux éclats.

Nous échappions au temps, émus que nous étions d'être libres comme l'air. Libres. C'est le mot qui convient. Défaits de toutes attaches, cancres sans artifice. Comme si nos deux passés n'avaient plus raison d'être, comme si seul le présent se réchauffait de nous.

26

Les mots bleus

Nous arrivâmes enfin. Fait prévisible, la vicieuse mécanique de la machine datée ne m'obéit point. Mes fines semelles fondirent sous quelques étincelles, et nous mîmes bien trente mètres pour arrêter mon char dans un boucan strident à prendre un acouphène.

En hâte, nous rejoignîmes mon îlot de fortune. Marie découvrait mon antre, les yeux amusés. Il fallait y marcher en observant nos pas, de peur de piétiner quelques plantes vertes au sol. Mon lit était niché sous un grand œil-de-bœuf, porte ouverte sur la lune, marquise sous les étoiles.

Et, ce n'était pas rien, il y avait une pépite, un fol observatoire hors de l'appartement. Car passée la fenêtre qui nous donnait accès à l'échelle de secours, nous pouvions prendre l'air sur les toits éclairés, et rejoindre mon secret belvédère.

Pas à pas, j'amenai ma folle idée :

« Effectivement, c'est minuscule, Marie. Mais la vétusté des lieux et le besoin d'espace m'invitent en permanence à sortir. C'est aussi grâce à ça que je t'ai rencontrée.

— Minuscule il est vrai, mais c'est à ton image : charmant et ingénieux ! »

Ces propos délicats m'invitaient à oser.

« Me fais-tu confiance ?

— Oui. Enfin… Je crois.

— Alors, couvre-toi. Je t'emmène profiter d'une vue sans fausse note… »

J'ouvris la ronde fenêtre et y passai la tête. Je la vis s'étonner.

« Qu'est-ce que tu fais ? On ne va quand même pas passer par là ?

— Et pourquoi pas ?!

— Jésus, Marie, Joseph ! Cet homme est fou ! »

Bien que son teint pâlit, elle se mit à me suivre et nous fîmes dix pas à longer les gouttières jusqu'à la grande échelle. Nous la prîmes pour monter au-dessus de l'ancienne cheminée hors d'usage. À ce dernier niveau, je passai derrière elle. Mes bras l'entouraient pour mieux la soutenir. Je sentis son cœur battre, intensément. Une toute dernière voltige sur une voûte peu épaisse et… Enfin, nous y étions.

Ô merveille, chapelle à ciel ouvert ! Dix bons mètres carrés donnant sur toute la ville. Trois cent soixante degrés d'une vue imprenable n'appartenant qu'à nous.

J'y avais disposé de quoi chanter la vie. Un petit barbecue, une tente à l'ancienne et son matelas douillet. Quelques bons millésimes dans un coffret de bois et des livres en pagaille qui attendaient visite. Prévert, Pagnol, Hugo s'entretenaient ici même. Il y avait une guitare qui avait pris la pluie, une imposante dame-jeanne, un hamac bien ficelé, du thym, du romarin qui poussaient à leur guise, et de joyeux lampions pour éclairer le tout. De quoi passer la nuit à cueillir les étoiles et à refaire le monde en buvant du chinon.

« Ça alors ! Alexandrin…

— Je t'avais prévenue. Le paradis se mérite.

— Mais c'est fou ! D'ici, on aperçoit même la cime de l'horloge ! »

Exploratrice curieuse, elle découvrait l'endroit.

Sa paume contre la mienne, sous les constellations, je l'observais, heureux.

Elle poursuivit, légèrement hésitante…

« J'ai moi aussi quelque chose à t'avouer, Alexandrin. »

Elle semblait y tenir.

« Je t'écoute.

— Te souviens-tu, lorsque je t'ai abordé la toute première fois sous l'Abribus ?

— Si je m'en souviens ?!

— Tu n'as jamais relevé mais… vraiment ? Pas un détail ne t'a surpris ?

— Non, enfin… Là, de suite, je ne vois pas.

— Sérieusement ?

— Oui ! Je t'assure. »

Où voulait-elle en venir ?

« En réalité, je savais parfaitement où se trouvaient les Lilas ! Cela ne t'a pas interrogé ? J'veux dire… Le village n'est pas si grand. Et j'ai grandi ici.

— Euhhhhhh… »

Je cherchai les mots bleus, rougissant à mon tour, sans filtre. Elle m'avait donc choisi. À ce jour, j'en ignore encore la raison.

« Décidément, monsieur Lamoureux, vous êtes un rêveur à part. »

Retour au vouvoiement… Il mettait une distance que j'espérais réduire, et elle adorait ça.

Voici que de nouveau j'étais un papillon dans le reflet taquin de ses prunelles gourmandes.

Les étoiles firent le reste et, comme un doux aveu, elle se mordit les lèvres. Dieu qu'elles étaient parfaites ses lèvres bohémiennes… Ciselées et charnues. Les pinceaux de Renoir s'y seraient égarés. Délicatement, je la saisis par la taille et nous laissâmes frémir nos corps entremêlés.

Boum ! Quand notre cœur fait boum, chantait le poète… Le mien tonna soudain comme un tambour en liesse. Et nous fîmes de l'amour un verbe à conjuguer sur mon îlot perché. Et nos corps s'ébattaient, comme si cette partition avait toujours été la leur. Juste une exquise extase. Je découvrais la vie après dix ans passés à l'avoir méprisée. Mon éveil commençait à l'âge où mes héros avaient conclu la leur. Il m'avait fallu vingt-sept ans, six mois, et onze journées d'oubli pour renaître à moi-même.

Quand je rouvris les yeux, nous étions allongés, lovés l'un contre l'autre, nus sur le toit du monde. Nos souffles se calmaient d'être montés si haut, nos ventres, nos poumons se gonflaient d'espérance, et il était une heure dans la nuit ravivée.

27

Les escarpins

Au petit matin, alors qu'elle dormait encore, je l'observais, silencieux, et contemplais avec minutie chaque petit centimètre de sa peau.

Sa nuque, si souple, si douce, ses fines et blanches épaules, ses bras faits pour étreindre, ses seins coquins, ses courbes andalouses, son ventre, calme vague et son joli nombril.

Je repensais à la veille.

Tout comme moi, Marie avait un grain. De beauté. Là, dans les plissements de l'aine. Et je me demandais si sa peau l'avait dérobé à la mienne cette nuit-là. Je possédais le même, exactement au même endroit.

Encore un point commun, une même ponctuation.

Je refermais les yeux.

11 h 34

Fraternel, le soleil n'avait pas osé nous réveiller et nous dormions tous deux, « empapillonnés ».

Lorsque…

« Non, c'est pas vrai ? »

Urgence en la demeure.

« Alexandrin… Réveille-toi ! »

J'ouvris péniblement un œil. Mes lèvres, elles, hésitèrent.

« Quoi ? Quoi ? Qu'est-ce qui se passe ?

— Sur ta montre ? Il est vraiment onze heures trente passées ? Dis-moi qu'elle est en panne. Je t'en supplie !

— Ben non, elle tourne, dis-je en ouvrant l'autre œil.

— Eh merde ! »

Chose rare, Marie perdait son calme et sa langue dérapait.

« Que t'arrive-t-il ?

— J'ai promis à mon père que je serais rentrée pour dix heures au plus tard. Dix heures, Alexandrin ! Il est presque midi.

— Calme-toi, Marie. Ça va aller.

— Me calmer ? Non ! Tu ne le connais pas ! À cette heure, anxieux comme il est, il a dû missionner Barbitus de venir me cueillir chez Lola. C'est un sanguin, mon père, une boule d'impatience. »

J'entrai malgré moi dans son agitation, m'activai, dépité. Nous laissions là quelques affaires et reprenions l'échelle pour redescendre en hâte vers mon appartement. Manœuvre délicate. Marie passait devant moi. Précipitant nos pas, nous avancions pressés le long de la gouttière. Mais faire cela de jour nous laissait entrevoir le flanc vertigineux qui nous riait au nez. Tout semblait moins stressant dans la nuit protectrice.

« Fais attention, le sol est incertain. »

Mes conseils ricochaient sur sa bulle tétanique.

« Marie ! Regarde où tu marches. S'il te plaît… »

J'observais davantage ses deux pieds que les miens et restais sur ses gardes. Jeunesse impétueuse !

Lorsque, subitement, comme un rappel à l'ordre, son pied se déroba, emportant dans sa course quelques éclats de tuile. En une fraction de seconde, je vis Marie glisser puis perdre l'équilibre. Insondable panique, le temps se contracta. Par un providentiel réflexe, je parvins de justesse à retenir son poignet, la rattrapant avant qu'elle ne m'échappe.

« Fais gaffe bordel !!!!! Marie, regarde-moi. Reprends donc tes esprits ! » La colère m'assiégeait, à moins que ce ne soit l'amour qui me fît m'emporter. Nous évitions le pire. Quelques pas encore, et voici que nous arrivions au prix d'une bonne suée près du petit velux demeuré entrouvert, indemnes.

Marie ne décompressait pas pour autant. Anxieuse, le souffle voilé, la gorge nouée, elle me dit, peinée :

« Pardonne-moi. C'est juste que je n'veux pas qu'ils perdent confiance en moi. Si tel était le cas… »

Sans la laisser poursuivre, d'un baiser papillon, je couvris sa paupière pour en sécher la larme. Comme elle, j'éprouvais de l'inquiétude.

« Marie, je ne te laisserai pas t'enfuir une nouvelle fois.

— M'enfuir ? Ne dis pas de bêtise. Aide-moi juste à retrouver mes escarpins. Je vais prétexter une panne de bus ou un réveil tardif… Mais je doute qu'ils avalent mes couleuvres. »

Nous partîmes en quête des souliers égarés. Cinq minutes s'écoulèrent, bien trop longues. Elle en grinçait des dents.

Quand me revint ce flash, hors du temps, où voulant jouer les Cendrillon, Marie s'en était délestée. À la descente du vélo, marchant pieds nus dans la rue, elle les avait abandonnés sur mon palier.

« C'est tout trouvé, Marie ! Fais jouer ta mémoire… »

Il y avait un avant et un après ses talons dans ma filmographie.

Nerveuse, elle se précipita sur la porte d'entrée, l'ouvrit en hâte, sans précaution aucune puis sursauta d'effroi, comme électrocutée, devant les trois visages qui apparurent alors, défaits, réprobateurs.

Stupeur ! Elle poussa un cri tel, que l'immeuble tout entier en résonna.

Les aiguilles se figèrent. Notre ciel se couvrit d'un orageux linceul.

Fin de cavale.

28

Prémonitions

« Est-ce *cela* que tu cherches ? »

Voix froide, sèche, incisive. Ses prémonitions nous avaient rattrapés, hélas ! Sur mon palier vétuste, escarpins à la main, visages menottés, s'invitaient Barbitus, Lola et cet homme rude qu'enfin je découvrais. Une allure élégante pourtant… Grand, costaud, chevalière imposante, veste ajustée et chaussures impeccables. Honorant sa légende, il chiquait son tabac pour masquer sa colère.

Pour la toute première fois, je croisais ce regard dont elle m'avait parlé, celui qui paraît-il sait lire entre nos lignes. Ces yeux noirs, puissants, étaient ceux de son père. Pierrot… En chair, en os, en chasse. Il était presque tel que je me l'étais imaginé mais en un peu plus large, plus « tanké », animal. Éloquente, chacune de ses rides racontait son histoire. Marie n'avait pas menti : son écorce était dure tout autant que sa voix. Voyou charismatique, il condamna sa fille avec une telle force qu'elle tenta vainement de prendre la parole :

« Papa. Laisse-moi juste t'expliquer. Je…

— Tais-toi ! Tais-toi, Marie ! Ne prononce plus un mot. »

Sa voix lourde nous glaçait le sang. Lola pleurait, aussi. Ses yeux tristes imploraient qu'on pardonne sa faiblesse. Elle les avait conduits jusqu'à nous mais nous comprîmes sans mal qu'elle n'avait pas eu le choix. Pierrot me toisa, et m'adressant un regard torve, déclara, dédaigneux :

« Nous y voici. Malheureusement, devrais-je dire. Je vous avais pourtant fait prévenir qu'il serait dangereux de revoir ma fille, n'est-ce pas ? Je vous l'avais défendu ! »

Mon esprit s'égarait : j'entendais Barbe bleue et demeurais muet.

« Je n'apprécie guère que l'on se joue de moi. D'où vient cette arrogance que la jeunesse cultive ? » confiait-il à son bras droit. La guerre les habitait, et plus en profondeur, je crois bien que la paix leur faisait un peu peur. L'homme s'approchait de moi. Prudent, je choisis de ne pas enchérir.

« Triste époque ! À votre âge, nous avions le respect des anciens.

— Papa !

— Tais-toi, Marie, dit-il, vindicatif, sans me quitter des yeux. Comment vous faire comprendre qu'il faut me respecter ? Vous deviez tout attendre de ma colère ! »

Marie tremblait soudain.

« Papa, laisse-le tranquille. Il n'y est pour rien. J'ai tout organisé. À bientôt vingt-cinq ans, j'ai passé l'âge de…

— De me déshonorer ? De me faire honte au point que j'en vienne à te suivre ?

— Mais je ne suis pas ta chose ! De quel honneur parles-tu ?

— Négliger ma confiance ? Découcher, mentir. Voilà de quoi je parle !

— Tu ne le connais même pas.

— Oh, mais nous ne tarderons pas à faire plus ample connaissance. Rassure-toi !

— Essaye seulement de comprendre… »

Il haussa le ton, puissamment, de sa voix de ténor.

« Comprendre *quoi* au juste ?!? Qu'y a-t-il à comprendre de si important ?

— Nous nous aimons !

— L'amour, dis-tu ? Que sais-tu de l'amour ? » hurla-t-il. Tous les murs en tremblèrent.

« Je me fous de ce que tu penses ! Je ne passerai pas ma vie dans ta prison dorée. J'y étouffe ! Tu peux entendre ça !?! »

Sa voix se déchirait d'avouer son état et d'offenser celui qu'elle aimait malgré tout. Sourd à ses plaintes, son père reprit :

« Combien de fois encore faudra-t-il le dire ? C'est toi qui n'écoutes pas. Ton cœur est trop fragile. Et je ne laisserai plus personne nous faire le moindre mal. Tu entends ? Je ne perdrai pas encore l'une des femmes de ma vie. »

Non sans hésitation, j'osai prendre la parole.

« Monsieur. Pardonnez-moi, mais j'ai pour votre fille des sentiments sincères qui…

— Oh, vous, fermez-la ! Ne venez pas nager où vous n'avez pas pied ! »

Il sut se faire comprendre. Et du cœur de mon enfance me revint l'image de Barbe bleue tenant un grand coutelas… Je fixais ses mains immenses. Qui sait ce dont elles étaient alors capables ?

« Marie, prends tes affaires, et ne nous oblige pas à te sortir d'ici. Descends, vite ! »

Quel genre de père était-ce ? Je n'étais ni dragon, ni mousquetaire. Craintif, je m'imposai, encore et malgré tout :

« Ne fais pas ça, Marie ! Rien ne te force à les suivre. »

C'était sans doute osé mais c'est sorti tel quel… Instinctivement, elle me prit par la taille :

« Alexandrin, je t'en prie… Ne t'oppose pas à lui. Je n'ai pas la force pour ça. »

Voir sa fille lui échapper ainsi le fit blêmir de rage. La colère à son tour assiégea tout mon être et s'en vint piétiner mes prudences passées :

« Non ! Je ne vous laisserai pas faire ! Pour qui vous prenez-vous à la fin ?

— Alexandrin, tais-toi ! insista Marie.

— Pardon ?!? hurla Pierrot, furieux.

— Non, je ne vous pardonne pas ! »

J'avançais, téméraire.

« Votre fille est majeure. Je ne suis ni un voyou ni l'amant d'un soir et nous n'avons plus l'âge d'avoir un précepteur ! »

À bien y réfléchir, j'aurais peut-être dû le dire différemment. Pierrot sortit de ses gonds. D'un geste brusque, il ôta son chapeau, s'avança vers moi tête en avant, poings serrés. Un buffle !

Ni une ni deux, son ogre Barbitus, inquiété de le voir se mouiller de la sorte, devança son élan et s'en vint me saisir avec rage par le bras. Il n'eut pas grand mérite à maîtriser ma fougue tant son fort gabarit multipliait le mien. L'homme m'accrocha au mur comme on cloue un tableau, pour m'y maintenir fixé, d'une clef de coude acérée. Venimeux, il colla son clapet au creux de mon oreille :

« Qu'allez-vous faire, maintenant ? Hein ? Monsieur Pierrot vous a demandé d'abandonner. Comprenez-vous mieux son langage ? Ou faut-il répéter ? »

Il resserrait sa clef, la douleur m'asphyxiait :

« Vous me faites mal.

— Mal comment ? Je n'ai pas mal, moi. »

Sarcastique, fielleux, l'homme maîtrisait son art.

« Arrêtez ! Vous allez lui casser le bras ! » suppliait Lola.

J'implorai sa clémence, pouvant perdre mon coude à la prochaine pression. Dans le feu de l'action, Marie tenta de s'interposer.

« Barbitus, je t'en supplie. Laisse-le ! Papa… Ne lui faites pas de mal. Laissez-le tranquille. Regarde. C'est bon. Je prends mes affaires. »

La tension était telle qu'ils ne l'entendaient plus.

« Trop tard, dit la brute enragée. L'insolence se corrige ! »

Et je sentis mon coude presque se disloquer, mon épaule se dissoudre sous la force du bourreau. J'allai m'évanouir.

Lorsque nous entendîmes ce bruit, sec, sourd, radical. L'un de ceux que l'on peine à effacer de soi.

29

Géants aux pieds d'argile

Sous nos yeux effrayés, subitement, nous vîmes Marie pâlir, suffoquer, chanceler. Les deux mains sur le cœur, les yeux bientôt absents, elle s'écroula, inerte.

Effrayée, Lola se précipita sur son amie d'enfance.

« Marie ! Qu'est-ce qui t'arrive ? Dis quelque chose. S'il te plaît, réponds-moi. »

Barbitus lâcha prise.

Pierrot, lui, curieusement, ne trouva ni les gestes ni les mots. Spectateur dévasté, muré dans sa coquille, il regardait, meurtri, l'histoire se répéter.

Je recueillis Marie dans mes bras libérés, sans vraiment bien comprendre ce qui lui arrivait. Impuissants, mes mots ricochaient sur son visage de glace.

« Ouvre les yeux, Marie. Dis-moi quelque chose. Je t'en prie. »

C'était limpide pourtant, nous la savions fragile. Maintes fois devant l'inacceptable, elle avait demandé grâce. Son cœur de porcelaine se fissurait. Mais il était trop tard pour revenir en arrière.

Délicatement, je caressais son front tout en prenant son pouls. Il faiblissait. Agir, vite : seul cela importait.

« Lola, appelle les secours. Prends mon téléphone sur le buffet, et dis-leur bien que nous sommes au dernier étage du 16 rue des Estafettes. »

Elle s'exécuta. Je ne sais si Marie entendait, mais je lui chuchotais mes prières à l'oreille.

« Respire, ma belle. Je t'aime. On t'aime tous, tu sais. »

Cela dit, mes mots, ne sonnaient pas très justes quand j'y repense à présent. L'atteignaient-ils seulement ? Son père nous rejoignit enfin, mécaniquement. Agenouillé au sol, il caressait ses pieds de ses mains de gravier, tentant maladroitement de la ramener à lui.

« Marie, Marie, ma fille ? Réponds-nous ! Qu'est-ce que j'ai fait, mon Dieu ! »

Il implorait le ciel et payait l'addition de son aveuglement.

Barbitus, lui, se tenait immobile, raide comme un pic à glace.

« Apportez-lui une couverture, vite. Elle est frigorifiée. »

À mes mots, il allait en prendre une, sans même presser son pas. Comme si la voix du cœur n'existait plus chez lui.

Lola nous transmit enfin l'information précieuse.

« Les secours viennent de prendre la route. Ils arrivent. »

Mais Marie demeurait absente, étendue, là, fragile, au bord du monde. Je me souviens de tout. Ses mains inanimées… Son corps comme une plume… C'est ça. On aurait dit une plume. Et pour la première fois, je voyais son visage délesté de sa joie. Je demeurais près d'elle, caressant ses cheveux, lui susurrant les mots qui tombaient du plafond.

Ses yeux, son cœur, ses lèvres, tout l'avait déserté. Pâle poupée de chiffon… Ses papillons à elle s'étaient évaporés.

Son père nous contemplait, prostré dans sa douleur. Nous étions à un mètre, et je pouvais sentir toute sa dévastation. Il dodelinait, absent, quand je lui pris la main pour le ramener sur terre.

« Pierrot ! Pierrot, aidez-moi, et tenez-lui la nuque. Les secours arrivent. Je dois aller leur ouvrir. »

Nous entendîmes les cris des sirènes approcher. Il s'exécuta. J'avoue qu'en cet instant sa douceur me frappa. Il l'enveloppa comme on couve un nouveau-né, tremblotant d'inquiétude. Cela contrastait enfin avec la brute épaisse qui m'était apparue. Il regarda sa fille et laissa s'échapper une larme de chair. Voici qu'il déchirait sa raide carapace, son armure d'airain.

« Je n'ai plus qu'elle, dit-il, étouffant ses sanglots. Je ne supporterai pas de la perdre. »

C'était un homme blessé par une vie de déveine, dévasté par les coups du sort dont il avait souffert. Enfin nous nous parlions sans chercher à nous mordre.

« Si vous l'aimez, Pierrot, prenez juste le temps de vous occuper d'elle. Quand on aime les oiseaux, on ne les met pas en cage. »

Cette image lui parla, je crois.

« Elle a besoin d'un père, pas de chaînes à ses pieds. »

Et je le laissais seul aux pieds de sa disgrâce.

30

Tic... Tac...

Tout se précipita.

Les urgentistes la mirent sous oxygène, la déplacèrent lentement et l'attachèrent sur ce brancard d'un orange déplacé, pour l'emmener d'urgence au service le plus proche. Portée par ces hommes, inanimée, Marie dévala ces mêmes marches que la veille nous avions joyeusement gravies. Sous les yeux des voisins qui lorgnaient aux fenêtres, je vis se refermer les portes de l'ambulance.

Seule Lola fut autorisée à rester à ses côtés. À cause, sans doute, de son ineffable douceur. Alors que tout fanait et contre toute attente, Pierrot me proposa de monter avec eux. Improbable bien sûr, mais je n'avais qu'un vélo. Pour Marie, j'acceptai d'un frêle hochement de tête. Et le cœur en errance dans cette berline austère aux airs de corbillard, dans un silence de plomb, nous suivîmes tristement les sinistres sirènes. Barbitus conduisait et collait l'ambulance, nerveusement. Pierrot, lui, c'est un fait, avait la place du mort. J'y vis là comme un signe.

À voir les gyrophares éclabousser les murs, je repensais, ému, à notre première rencontre, au pied de l'Abribus. À ce jour où la chance avait croisé ma route. Là, je croisais les doigts et je priais pour elle, et je priais pour nous. Je ne sus faire que cela. Credo d'opportuniste ?

Aux urgences, kidnappée par une tornade de blouses blanches, Marie disparut dans un étroit couloir dont les autorités nous interdirent l'accès.

Et débuta pour nous l'interminable attente, le terrible supplice de ne pouvoir agir. Quatre heures ! Quatre heures sans dire un mot, esseulés.

Je m'en voulais tellement. J'aurais dû m'activer, quitter l'appart plus tôt. Et si… Toujours et si… Pierrot, lui, demeurait muet, noir comme un soleil mort. Que pouvait-il se dire ? J'avais beau lui en vouloir, nous partagions la même douleur.

Les aiguilles vacillaient sur cette horloge murale, comme un compte à rebours dont nous aurions voulu ne jamais rien connaître.

Tic… Tac… Tic… Tac…

Oui mais voilà…

Tic… Tac… Tic… Tac…

Nous y étions pourtant

Tic… Tac…

Cadenassés tous ensemble

Tic… Tac…

Prisonniers malgré nous.

31

Le cœur en kit

Épuisés d'imaginer le pire et de contempler nos ombres sur ces murs d'acrylique, nous vîmes enfin arriver une âme charitable, un messager des dieux. M'avaient-ils exaucé ?

« Mlle Mariposa est à présent hors de danger. Mais elle reste très affaiblie et doit se reposer. Nous devrons la garder en observation quelques jours, le temps qu'elle reprenne des forces. Pour l'instant, et dans son intérêt, aucune visite n'est autorisée. Si vous avez rempli tous les formulaires requis, vous pouvez maintenant rentrer chez vous. Nous vous avertirons dès qu'il sera possible de la voir. »

À l'annonce du verdict, Barbitus se courba et tenta d'extirper comme un chat de sa gorge. Je présumai qu'on avait inventé l'expression pour lui. Elle lui collait aux entrailles. Il ne méritait pas mieux.

Lola se jeta dans mes bras et Pierrot s'adossa contre un mur pour ne pas succomber à son tour au vertige.

Nous relâchions seulement la pression. Mais qu'il était étrange de partager ensemble un soulagement si doux, alors que le jour même nous nous rendions ces coups qui allaient la meurtrir et nous conduire ici.

Pierrot me regarda, sans masque cette fois-ci, et je lus dans ses yeux une inconnue clémence, presque une reconnaissance.

« J'ai une dette envers vous, Alexandrin. »

À plonger mon regard dans le sien sans faiblir, je répondis sèchement :

« Ce n'est pas à moi qu'il faut dire cela, Pierrot. C'est bien à votre fille que vous avez fait mal en lui coupant les ailes. »

Il m'était impossible de le dire autrement. Mes mots le rencontrèrent pourtant.

« Laissez-moi simplement la revoir sans me craindre, Pierrot. Faites taire vos interdits. Et puisque nous y sommes, dites à votre gorille de nous foutre la paix et d'apprendre à sourire. »

Il esquissa un bref rictus, comme si sourire était pour eux un signe de faiblesse.

Passé un long silence, l'homme me tendit une perche :

« Si vous veniez dîner demain soir au manoir, pour conjurer le sort ? Qu'en dites-vous ? »

Je sursautai. Ses questions ressemblaient malgré tout à des ordres. Surpris, j'acceptai ou plutôt j'obéis, sans me sentir contraint, pour Marie.

« Vingt heures ! Ne soyez pas en retard. »

Il remit son chapeau et s'en alla d'un pas mesuré. Son ombre était immense lorsqu'il franchit la porte, longue de toutes les galères qu'il traînait derrière lui.

Lola me regarda, les yeux emplis de larmes, étonnée de l'échange dont elle avait été témoin. Pierrot lui adressa un curieux clin d'œil qu'elle put saisir au vol : c'était là tout son langage.

Épuisés, nous quittâmes les urgences à dix-sept heures passées et je rentrai chez moi, coude en vrac, cœur en kit.

Je parais au désordre pour mieux remettre en place mes idées tortueuses. Vers vingt heures trente, je m'endormis enfin, seul, sur mon canapé.

Cette nuit-là, je rêvais que je mourais de faim, perdu dans le désert de mon vide affectif. Marie n'était plus là et je pleurais en vain de noires larmes acides. Les cauchemars sont étranges, parfois prémonitoires… Celui-ci me fit peur.

32

Les jardins

Le lendemain, six heures

Au petit matin, je retournai solo sur notre îlot perché y chercher les affaires que nous avions laissées. La magie n'y était plus. Pénible atterrissage. Marie accaparait mes pensées agitées et je fuyais les heures, me préparant lentement à retrouver son père, avec appréhension. Qu'avions-nous à nous dire ? Dans le fond, me confronter à lui ne m'enthousiasmait guère. Et si c'était un piège ? Une pomme empoisonnée ? Les contes de ma jeunesse ne m'avaient pas quitté.

À l'heure convenue pourtant, je revins cette fois-ci sans me dissimuler devant les grilles immenses du manoir familial. Imposantes ouvertures du berceau protecteur où elle avait grandi.

Dociles, Barbitus et son chien belliqueux m'y attendaient. Lorsqu'une inattendue dissonance chatouilla mes tympans :

« Bonsoir », dit-il, sans trembler du menton.

Fallait-il croire aux miracles ? L'homme m'avait salué ! Bon, pas de quoi célébrer le geste ! Cynique, je répondis :

« Bonsoir, Maurice ! Vous m'excuserez de ne pouvoir vous serrer la main mais… celle-ci conserve un fade souvenir de notre dernière entrevue. »

L'humour, si dérisoire soit-il, était bien tout ce qu'il me restait.

Sans manifester la moindre réaction, il poursuivit :

« Suivez-moi. »

Il faut dire que l'homme ne m'effrayait plus. Enfin, je voulais croire… J'avais lu sa notice. Du moins, j'avais compris que chercher à comprendre ce type d'énergumène n'était plus de saison.

Tous deux m'accompagnèrent, empruntant un chemin de graviers et de fleurs. Comment dire ma surprise ? L'endroit était fort bien entretenu. Je m'attendais pour sûr à plus d'obscurité. Mais le petit jardin qui longeait l'édifice était des plus soigné. Il y poussait une ribambelle de plantes aux vertus médicinales, méticuleusement disposées dans des carrés de buis taillés. De petits écriteaux nommaient chacune d'elles : de la livèche, du pissenlit, de la sauge, de l'ortie, du poivre de Timut. L'ensemble était entouré de lilas, de roses blanches, d'églantines, de pivoines, de jasmin. Quelques grands tournesols y mataient leurs godasses et de beaux papillons virevoltaient joyeusement dans la fraîcheur du soir. J'y reconnus l'empreinte fine de Marie. C'était à son image : singulier et vivant. Vivant ! Ce mot me piquait l'âme comme une abeille curieuse.

Et je dois avouer que je tombais des nues à découvrir Pierrot arrosant son jardin avec l'application d'un botaniste heureux. Il était fort avenant dans son costume d'été, couvert d'un chapeau de paille. Je ne le reconnus pas au tout premier coup d'œil.

« Je vois, Alexandrin, que vous êtes ponctuel », me dit-il sans se retourner.

Je ne sus lui répondre.

« Venez. J'ai quelque chose à vous montrer. »

Barbitus nous laissa, et j'approchai, curieux, rejoindre l'homme nouveau. Aucun pommier en vue… Il me tendit son coude car ses mains s'affairaient à cultiver la terre.

« Aimez-vous jardiner ? » Je me laissai porter.

« À dire vrai, j'aimerais bien, car les fleurs me questionnent. Mon grand-père maternel était le jardinier du château de Soulanges, un petit village de ma Champagne natale. Mais il est mort trop tôt et je n'ai qu'un vague souvenir de nous au potager. Je l'aidais à mon rythme à arroser les plantes, cueillir les haricots, détacher les tomates… Que vous dire d'autre ? Depuis, je cultive mon jardin intérieur.

— Tiens donc ! Tenez-moi ça. »

Il me confia l'arrosoir et prit un sécateur pour peaufiner ses roses, pensif et appliqué.

« Ma femme disait des fleurs qu'elles adoucissent les mœurs. C'est elle qui m'a transmis cette passion lorsque nous nous sommes installés ici avec tous nos espoirs. Angéline a initié notre fille dès son plus jeune âge. À croire que Marie est littéralement née dans une rose. »

Il me fixa.

« Je vous sens surpris ? »

Je l'étais en effet.

« C'est que… Pour ne rien vous cacher, je ne vous imaginais pas tellement la main verte, Pierrot. Sans vouloir vous vexer, je vous pensais plus… rustre, plus détaché, enfin, moins…

— Allez-y, dites-le. N'ayez crainte. Moins sensible, c'est ça ? Moins délicat ?

— C'est ça. En tout cas moins "fleur bleue", si je peux me permettre. »

Je me moquais un peu, mais il le prenait bien et se fit plus prolixe :

« Vous êtes encore jeune, Alexandrin. Un jour, vous comprendrez qu'un homme peut être double lorsque la peur l'habite. Même les chiens les plus pacifiques peuvent mordre lorsqu'ils craignent pour leurs petits. Marie est tout ce qu'il me reste. Et puis… »

Il marqua un bref silence, habité.

« C'est le portrait craché de sa mère… Vous en a-t-elle parlé ? Vous êtes au courant, n'est-ce pas ? »

J'acquiesçai pudiquement.

« Lorsqu'un tel drame vous touche, il faut garder le cap. J'essaye d'être un bon père mais je la surprotège. Comment faire autrement ? Il est fort peu probable que vous me compreniez mais je fais comme je peux avec ce que je suis. On ne se refait pas, mon garçon… Encore moins à mon âge. »

À la réflexion, Pierrot était semblable aux géants de papier. Mais c'était un bon père, et il aimait sa fille. Ça, je n'en doutais plus. Sur ses avant-bras, deux tatouages enlacés défendaient ses trésors. Marie et Angéline poinçonnées à l'aiguille sous sa tendre cuirasse.

« Je comprends vos angoisses, croyez-le bien. Mais j'aime Marie, intensément, et jamais je ne lui ferai le moindre mal. Croyez-moi.

— Certes, mais vous êtes jeunes et insouciants. Et puis, vous la connaissez depuis peu.

— C'est juste, mais l'amour, le vrai, lui, s'inscrit hors du temps. Je sais que vous me comprenez à voir son prénom chevillé à votre peau. Acceptez que je puisse l'aimer aussi, qu'elle soit mon évidence. »

L'échange était sincère, et nous apprivoisions tous deux la part de l'autre.

« Vous savez la confiance est une douce utopie pour les gaillards comme moi et l'expérience m'invite à demeurer méfiant. Mais je vous trouve du cran. Et puis, nous sommes tous deux sensibles à la beauté des fleurs. Voilà qui nous unit. »

Sensible… Cet adjectif le séduisait et tout ce qui touchait à la nature semblait au final l'émouvoir. Il était plus poète qu'il n'osait l'avouer… Voici qu'il changeait de registre :

« Regardez-moi ces roses ! Chacune d'elles est fragile mais sait se protéger de la rudesse du temps. Observez ces épines… Elles défendent leur trésor des menaces extérieures, un peu comme moi… Sans doute avez-vous raison, Alexandrin : il me faut lâcher prise. Je vous promets de faire ce que je peux pour apaiser ma fille. Et je veux bien me mettre un peu plus en retrait. Mais (car il y eut un « mais »), vous vous en doutez, je reste son père et je n'accepterai pas… Bref : vous m'avez compris. »

Il me tendit sa main, vigoureuse, et je la lui serrai, fermement. Enfin, nous apaisions les tumultes passés.

Nous pensions à Marie. Le soleil se couchait sur le manoir en fleurs, dissipant ses rayons sur l'herbe verdoyante lorsqu'une affriolante odeur s'en vint chatouiller nos narines.

« Je crois que le repas est prêt. Si nous passions à table ? dit-il. Thérèse nous a concocté un repas avec soin.

— Thérèse ? demandai-je, curieux.

— Quoi ? Marie ne vous en a pas parlé ?

— Non. Enfin je ne crois pas.

— Elle est notre infirmière, notre mère et bien plus.

— Ah ! Mais oui, bien sûr ! L'infirmière. Au temps pour moi.

— Ma femme l'a embauchée il y a plus de vingt ans pour soigner la maison. Elle vit ici depuis dans ses appartements, avec son chat persan et n'a comme Barbitus ni famille ni passé. À la mort d'Angéline, elle fut d'une dévotion qui me liera à elle pour quelques vies encore. Cette bonne samaritaine a pour ainsi dire élevé ma fille. C'est une perle rare. Allez, venez ! Mieux vaut la voir en vrai qu'en conter la légende. »

33

Sainte Thérèse

Nous montions les six marches qui couronnaient l'entrée, et je la découvris, de dos, appliquée à faire revenir quelques subtilités aux odeurs alléchantes dans une immense marmite.

« Thérèse ne sait pas faire dans la demi-mesure, me confia-t-il, discret. Ici, les congélateurs meurent de surpoids… »

C'était une dame âgée à la peau fissurée, au visage parchemin. Courte sur pattes, toute tassée sur elle-même, carrée, « rubik'scubienne ». Les joues rondes et dodues, avec de blancs cheveux fermement attachés. À géométrie variable, elle me semblait sortir d'un vieux conte pour enfants. Mais elle n'avait en elle rien d'une méchante reine.

« Thérèse, voici notre hôte ! » dit Pierrot à voix haute, augmentant le volume pour que la vieille entende.

Elle se retourna d'un coup et proféra ses mots dans un presque patois :

« Comment qu'tu dis ? »

Elle était un peu sourde et avait égaré son cornet acoustique.

« Je vous présente Alexandrin, notre invité du jour ! L'amoureux de Marie.

— L'amoureux d'Marie… Pfff ! L'amoureux d'Marie, reprit-elle, agacée. C'est moi, l'amoureux de Marie ! »

Elle se figea soudain et me dévisagea, sourcils froncés, pas convaincue, visiblement. Des pieds à la tête, la vieille dame m'ausculta, puis elle fonça sur moi, bourrue, avant de s'exclamer :

« Oh, mais qu'il est maigre celui-là. Faut manger plus, mon grand, sans quoi, tu t'en vas fondre ! »

Elle rocaillait ses *r* comme une rivière en crue, avec un drôle d'accent fichtrement pagnolesque.

« Mais je mange à ma faim, Thérèse. Rassurez-vous. »

Sans préavis, voici qu'elle collait son oreille sur ma poitrine tout en tapotant mes côtes. Curieuse coutume ! Elle enchaînait avec un pincement de joue, plutôt tonique. Je ne pouvais qu'en sourire. Une autopsie en règle.

« Pourquoi qu'tu rigoles, gigolo ! Faut manger, hein ! Ça gargouille là-dedans ! Faut pas s'laisser mourir ! »

D'un air affligé, elle me montrait du doigt en sermonnant Pierrot.

« Ça, c'est les jeunes d'aujourd'hui qui mangent qu'une fois sur deux. Z'ont pas connu la guerre. Sont fins comme des cure-dents. J'vais te requinquer ça, moi ! »

Lui haussa les sourcils, habitué. J'osai entrer en scène, articulant pleinement.

« En tout cas, je suis heureux de faire votre connaissance, Thérèse.

— Pourquoi qui parle comme ça lui ?!? J'te comprends, bougre d'âne. J'suis pas con, hein ! »

Pour sûr, Thérèse ne mâchait pas ses mots.

Les présentations faites, elle s'en retournait à ses fourneaux, maugréant à mi-voix. Étrange figure maternelle. Mais elle avait du cœur ! Cuisiner pour autrui est un geste d'amour, et la vieille nous gâtait.

« Vous dirai quand qu'c'est prêt ! Encore quelques retouches ! »

Elle semblait circuler en maîtresse de maison, et personne, pas même un Barbitus, n'aurait osé la contredire.

34

La délicatesse

« Aimez-vous le vin ? me demanda Pierrot.

— Oh ! Je ne suis pas difficile, vous savez.

— Alors attendez-moi ici. Je reviens tout de suite. »

Il descendit à la cave. J'en profitai pour assouvir ma curiosité et découvrir les lieux, baladant mes yeux dans ce spacieux salon agencé avec goût. Il y avait sur les murs quelques tableaux anciens faits d'ancêtres robustes et de voyages en mer. Une imposante sculpture de marbre assumait une place de choix sur un meuble verni. Quelques joyeux souvenirs reposaient, encadrés aux quatre coins de la pièce, et l'odeur des fourneaux s'infiltraient sous les portes. Ils menaient la grande vie dans cette maison bourgeoise. Les lumineuses fenêtres donnaient sur le jardin auréolé de fleurs. Et sur le canapé tapissé de broderies, j'imaginais Marie, lorsqu'elle était enfant. Je découvrais heureux ce donjon défendu où elle avait façonné ses heures et je pensais à elle, ému. Pierrot revint deux bouteilles à la main, m'arrachant à mes songes. Pour pallier l'angoisse de la savoir là-bas, nous nous voulions légers.

« Alors, nous avons là deux possibilités : château-figeac 1996 ou roche-des-bancs, même année. »

À voir la poussière qui couvrait les bouteilles, je sus qu'il s'en voulait ou qu'il cherchait à plaire. J'étais plutôt flatté de ses délicatesses.

« Je vous laisse choisir, Pierrot. C'est vous le chef ! »

Il esquissa un bref sourire. Je crois qu'il aimait bien ce mot. *Le chef !*

« Va pour le figeac. Ça va nous faire attendre. »

Il sortit deux beaux verres d'une armoire ouvragée puis carafa son vin.

« Les arômes comme les fleurs nous donnent d'habiles leçons… Il faut savoir attendre, cultiver sa patience pour goûter les vertus qui s'y tapissent. La patience, Alexandrin… La patience… Elle est mère de sûreté. N'oubliez jamais cela. »

À ces mots je sentis qu'il me mettait en garde contre tout empressement à l'égard de sa fille.

Il huma le bouchon… D'un côté comme de l'autre, nous nous prisions.

« Asseyez-vous, je vous en prie. »

Nous prîmes place au salon, jambes croisées, l'un et l'autre tels deux lords anglais, avant qu'il ne me sonde avec plus d'intérêt.

« Parlez-moi donc de vous. Je sais depuis hier que vous êtes courageux, dévoué… Mais qu'avez-vous à m'apprendre d'essentiel ? »

Sans filtre, il me fixait. J'étais impressionné et quelque peu gêné de cette franche ouverture sans préambule. Mais je temporisais.

« Pour tout vous dire, je suis ébéniste, je travaille de mes mains et je vis de ma passion : le bois. Donner forme à mes idées m'enivre. Petit, déjà, je rêvais d'être artisan.

— Ça, c'est un métier d'homme, un chemin vertueux. Le père de mon épouse était une référence. Le saviez-vous ?

— Oui. Marie m'en a parlé et j'ai vu son horloge. Un vrai travail d'artiste.

— D'artisan à artiste, il n'y a souvent qu'un pas, vous savez. Mais encore ? Quoi d'autre à votre sujet ?

— Que vous dire ? Je suis originaire du Grand Est, plus joliment dit de la Champagne. Ma mère, professeure de lettres y vit encore, non loin de Reims. Elle est aujourd'hui à la retraite, mais animée d'une curiosité à tous vents. J'aimerais la voir davantage, je ne la vois plus assez, à mon goût, et je le regrette. »

Cela sembla l'intéresser.

« Il faudrait y songer. Croyez-moi : mieux vaut profiter de ceux qu'on aime lorsqu'ils sont de ce monde. Le temps passe vite, Alexandrin… Et la vie peut reprendre à tout moment ce qu'elle vous a donné. »

Je le suivais sans peine.

« Je le sais. J'ai perdu mon père lorsque j'avais cinq ans. Il s'est tué en montagne, hélas… »

Il marqua un temps d'arrêt, et, pudique, ne s'autorisa aucune question sur les circonstances. L'absolu de la mort lui suffisait à comprendre, chose rare, cela me plut.

« C'est tellement triste. Je sais de quoi vous parlez.

— Oh, je m'y suis fait, vous savez. Je me suis construit sans lui, mais il demeure en moi, définitivement. »

Plus confiant, j'avançai sur ses terres :

« C'est assez surprenant quand on y réfléchit. L'empreinte des disparus… Ce qu'ils nous laissent à terme, une fois qu'ils sont partis. C'est comme s'ils sommeillaient en nous. Et leur présence est telle qu'ils nous semblent éternels. Tant que nous vivons, eux ne meurent pas, nous cohabitons. Enfin, c'est ce que je crois… Ils ne sont jamais loins. »

Mes aveux le touchaient et semblaient à ce stade nous rapprocher.

« Que pourrais-je ajouter ? J'ai vingt-sept ans passés, et je suis amoureux d'une fille qui semble aussi m'aimer. »

Il sourit comme moi. Nous songions à Marie qui nous manquait cruellement.

Au tintement de nos verres, Thérèse fit enfin poindre le bout son nez, pas crochu pour un sou :

« Ça mange, les gaillards. Tout il est prêt. Ai fait des côtes d'agneau !

— Ahhh ! Des côtes d'agneau ! » répondit-il, enjoué.

Nous rejoignîmes la table soigneusement dressée. Pierrot embrassa la vieille sur le front, comme on étreint une mère au couchant de sa vie. Thérèse rougit, en regardant ses pieds, gênée, mais satisfaite. Que de délicatesse.

35

Confidences

J'appris qu'il avait purgé une peine de prison, ayant gagné plus ou moins légalement son argent dans les jeux. Il gardait des secrets sans doute inavouables mais je ne cherchai pas à brusquer son propos. Pierrot était orphelin, avait voyagé de famille en foyer avant de rencontrer celle dont il appréciait de convoquer le souvenir. Nous ne nous attardâmes pas sur sa mort tragique. Il m'avoua néanmoins qu'il s'en était vengé. Toute la famille Bernard avait déménagé de peur des représailles. Cela s'était fini là, avec pertes et fracas.

Je me confiai à mon tour sur mon enfance heureuse, ma passion pour le bois et ces routes incertaines qui firent ce que je suis. La musique, les études, les voyages, les regrets, l'amitié, la famille, l'ambition et l'amour. Bref, tout ce qui forme un homme…

Nous passâmes un vrai moment à nous raconter, évoquant plus d'une fois le grand-père artisan et ses œuvres précieuses. À percer son armure, je découvris un homme insoupçonné, et cet autre visage qui m'était étranger : plus poreux, plus humain. Son langage même se dénouait :

« Dans le fond, Pierrot, un rien vous émeut ? lui dis-je avec humour.

— Oh… Le sourire d'un enfant, la légèreté d'une fleur… Oui, tous ces instants volés me font parfois flancher.

— Et vous arrive-t-il de pleurer parfois ?

— "Un homme, un vrai, ça n'pleure pas !" comme disait Jeannoty, l'un de ceux qui m'ont élevé. "Ça se bat pour de justes causes ! Ça cogne, et puis ça parle !" J'ai pas vraiment été nourri au biberon de la tendresse. Alors pleurer… Je sais plus trop ce que ça fait. Enfin… Mes yeux n'savent plus. Moi, je pleure en dedans.

— Si vous lâchiez prise de temps à autre, vous démêleriez quelques nœuds. C'est avec ce même conseil que votre fille est entrée dans ma vie. »

Je me faisais philosophe de comptoir, sans honte pourtant. Le fil était tendu, je le tenais d'une main et de l'autre mon verre.

« Sans doute. Mais les ours comme moi ne fonctionnent pas comme ça. Et puis… Peut-être que je les aime bien… Mes nœuds. Allez savoir… » conclut-il d'un air entendu.

La bouteille de figeac se laissa vite descendre, la deuxième y passa sans trop se faire prier. Ensuite, j'avoue ne plus avoir vraiment compté.

Lorsque passé minuit je quittai le bateau, piètres marins d'eau douce, nous donnâmes tous deux en pleine ébriété un singulier spectacle dans la cour du manoir. Nos cœurs tanguaient, mais bien moins que nos corps, ivres de tout, sûrs de rien. Thérèse le résuma avec ses mots à elle :

« Sont carpettes ces deux-là ! »

Elle n'avait pas raison mais elle n'avait pas tort. Disons que nous marchions avec quelques appuis faibles. Pierrot était au moins aussi bancal que moi, et nous nous consolions de l'absence de Marie avec du rhum ambré. Nous préférions singer un semblant d'optimisme. Brassens était des nôtres mais sa guitare manquait. Nous nous mîmes à chanter plus haut que de raison :

« Non ce n'était pas le radeau…

De la méduse ce bateau… »

Nous chantions faux comme des piles usées, certes, mais la cause était juste. Cela me fit du bien. Et je rentrai chez moi un peu plus apaisé, pour ne pas dire confiant.

Non, ce n'était pas un donjon.

Juste un havre de paix.

36

En noir et blanc

Le lendemain, midi

Je me réveillai groggy, la tête en savonnade et trouvai aussitôt l'aspirine adéquate. Lola m'avait rappelé :

« Marie est sortie d'affaire ! Elle va mieux. Je nous ai pris rendez-vous pour une visite cette après-midi. Rappelle-moi ! »

Mon cœur se dérida devant l'heureuse nouvelle. Réconfortés, nous convînmes qu'à l'heure dite nous irions tous ensemble, armés des plus jolies roses du jardin.

Dans l'attente, je retournais aux Lilas, y retrouver Yvonne. J'avais envie de ses crêpes, de sa joie de vivre, de l'entendre… Assis à sa terrasse, à siffler quelques cidres, je lui racontai ce que nous venions de vivre. Elle m'écouta, sans broncher, chose rare… Yvonne inerte, c'était une antithèse :

« Et c'est comme ça que j'atterris ici, ma bonne Yvonne. Après avoir dîné au manoir hier soir avec Pierrot. Difficile à croire, non ?

— J'te l'fais pas dire, mon canasson. Fin scénario. Pense à en faire un conte, si la plume te chatouille. Mais je suis heureuse pour vous si z'êtes rabibochés. Des durs à cuire comme Pierrot, crois-moi, mieux vaut les avoir de son côté. »

Elle semblait rassurée et se remit en branle :

« Au fait ! J'ai quelque chose pour toi, enfin pour vous… »

Excitée, elle s'en alla chercher derrière son zinc une pochette en carton datée et me la tendit.

« Cadeau ! Je suis retombée là-dessus en déplaçant les meubles. Tu leur donneras de ma part. Ça leur fera du soleil. »

Curieux, je sortis de l'enveloppe plusieurs clichés anciens sur lesquels de vieux fantômes tricotaient leurs souvenirs. Angéline et Pierrot s'embrassaient sur la place de l'horloge sous le regard ému d'un Arthur souriant. La grand-mère, elle aussi, était de la partie. Yvonne était assise sur un banc avec eux, et toute la joyeuse troupe jouait à la pétanque, dans l'insouciance heureuse d'une vie en noir et blanc. Seules les odeurs manquaient pour les ressusciter.

« C'était une autre époque, me dit-elle. Nous étions jeunes et sveltes. Vois comme j'étais ficelée. En ce temps-là, je plaisais et j'avais mon fan-club ! Aujourd'hui, la moitié a passé l'arme à gauche. Mais quand même, j'ai fait des étincelles au zénith de ma vie.

— Et tu en fais encore, jolie fleur. Tous les hommes du village ne viennent là que pour toi.

— Pfff ! J'ai vieilli, crapule. J'ai perdu mes pétales. Ça va bien faire dix ans que j'ai pas vu d'arrosoir. »

Elle se riait d'elle-même.

À vrai dire, j'étais tout de même surpris de voir tout ce petit monde réuni. Ces instants d'allégresse avaient bien existé pourtant. J'en avais là les preuves.

Je découvris Marie sur son petit tricycle qui peinait à toucher le sol avec ses pieds. Son visage enfantin contenait déjà sa fougue. Vinrent les déclinaisons : Marie sur son manège, dans les jupons de sa mère, puis Marie dans les bras de sa grand-mère chérie. Des morceaux de bonheur égaré. Ainsi passait la vie ! Yvonne me raconta :

« C'est bien l'une des rares fois où on s'est réunis. Elle m'aimait bien, la Angéline. Jamais trop su pourquoi. Ce jour-là, elle m'avait invitée à jouer à la pétanque. J'crois même qu'on a gagné contre les deux doyens.

— Ça alors ! lui dis-je, étonné. Sur celle-ci tu embrasses Marie, et Pierrot semble rire.

— C'était un autre homme en ce temps-là. Bien sûr, il trimballait déjà ses fêlures, mais il était plus léger. Regarde-le ! Pas vilain non plus, le garçon. Tu le salueras de ma part, tiens. Si sa mémoire est bonne, il verra qui je suis. Et puis, quand vous vous serez recousus, passez donc boire un verre, dit-elle, pleine d'envie dans les yeux.

— Je n'y manquerai pas, ma belle. Merci pour l'attention, je leur remettrai. Mais je dois y aller. Bientôt seize heures…

— J'suis heureuse pour toi ! Le plus dur est derrière. Allez, file ! Tu me payeras ça plus tard.

— Merci, Yvonne ! »

Et tandis que je m'élançai, elle me lança :

« Alexandrin ? Ne pleure pas trop le passé… Tu sais, la vie en noir et blanc, c'était pas que du bon. Fais la tienne en couleurs, et uses-en tes pinceaux ! »

37

Les chocolats

Je quittai la terrasse pour les rejoindre. À l'heure dite, nous arrivâmes devant sa porte close. Timidement, nous entrâmes.

Marie dormait encore, profondément. Quelle pénible posture. Tous, nous fûmes attristés de la voir sur ce lit, immobile, paupières closes, le corps sous perfusion. Son visage demeurait calme, habité malgré tout, et l'endroit avait beau nous filer la nausée, il exhalait son parfum… *Pourquoi nos hôpitaux sont-ils si lugubres ?* m'interrogeai-je alors. Quel triste clown meurtri s'occupe de la déco ? Murs délavés, écorchés, blafards. Tout un sombre arsenal, digne d'une guerre des étoiles, entourait son corps en rémission. Ma gorge se nouait. Je ne trouvais pas les mots pour revenir dans sa vie.

Mais je n'ai pas oublié l'acuité de son regard lorsqu'elle rouvrit les yeux, nous découvrant ensemble, affairés autour d'elle avec nos roses en main et nos sourires pincés. Nous lui disions « je t'aime » avec des chocolats pour tout bagage. Nous n'en menions pas large. Un sentiment confus nous habitait alors, entremêlé de honte et de soulagement.

Puis elle dit à voix basse, le souffle étiolé :

« Alexandrin ? Papa ? Que faites-vous là, tous deux ? »

Nos yeux lui expliquèrent. Nos lèvres restèrent muettes.

« Ils ont su faire la paix, lui répondit Lola. À cœur vaillant, rien d'impossible. »

Je m'avançai d'un pas :

« Comment te sens-tu ? »

Marie n'osait y croire. Elle se releva doucement. Son père lui caressa alors le front, les larmes aux yeux, à croire que mon discours sur les nœuds intérieurs avait planté ses graines. Il se déverrouilla :

« Pardonne-moi, Marie. Je n'ai pas voulu ça. Je suis seul responsable de ce qui s'est produit. À partir d'aujourd'hui, bien des choses vont changer. Je te le jure, ma fille. Jamais plus je ne te ferai souffrir. Tu m'entends ? Jamais ! »

Elle reconnut les mots de la sincérité. Pierrot regrettait sa conduite et se sentait coupable.

Alors, encore fébrile, elle me tendit la main. Je retrouvai un peu de sa chaleur, à sentir son pouls battre tout au creux de ma paume.

L'émotion l'envahit, puissante. Et elle fondit en larmes. Le silence en partage, nous effacions l'ardoise.

Thérèse sourit sans frein des dents qu'il lui restait et Lola l'embrassa comme on retrouve une sœur. Absents, Barbitus et son chien ne manquaient à personne. Nous comprîmes ce jour-là que le clan grandissait, qu'un futur se tramait et qu'il allait falloir conjuguer tous ensemble pour les temps à venir. Que dicterait la vie ? Où le vent nous porterait-il ? Qu'importe, Marie se tenait là, dans le cercle de nos affections. De ça je me souviens…

Et c'était bien… Et c'était bien.

38

Les jours heureux

Six mois passèrent…

Et quelques bonheurs plus tard, alors que nous dînions tous réunis sous l'une des lumineuses verrières du manoir, je sortis de mon sac les vieilles photos qu'Yvonne m'avait mises dans les mains.

« Où les as-tu trouvées ? s'exclama Pierrot, dévorant chacune d'elles.

— Disons que j'ai mon petit réseau… »

Marie me regarda, les yeux inquisiteurs. Son père semblait retrouver son sourire d'autrefois.

« C'qu'ils sont bons, ces souvenirs. Elles sont magnifiques ! Et nous étions si jeunes… »

Yvonne ne s'y était pas trompée : tous s'avouaient émus de redécouvrir ces instants, fidèles au petit cercle qui les avait nourris, revivant cette journée aux effluves estivaux qu'ils avaient oubliée. Avec cet enchantement qui fait les jours heureux, les odeurs, les couleurs, les prénoms leur revinrent et les voix des absents résonnèrent à la table. Le grand-père, la grand-mère,

Angéline, les copains, tous furent convoqués à nous rougir les yeux.

Chacun les dévora avec curiosité, en scrutant les détails comme on lorgne une pépite. Les vêtements du moment et la mode des pattes d'eph. Les pantalons peau de pêche, les robes crayons étaient autant d'indices qu'ils aimaient évoquer, comme pour dire « J'en étais », « J'ai connu cette vie-là ».

« Tu étais mince, papa, s'étonna Marie. Ce que maman était belle dans sa robe du dimanche !

— Ça oui ! Rien n'efface sa beauté. Ni le temps ni la peine. »

L'espace d'un court instant, Pierrot ne décrocha plus du fantôme d'Angéline.

« Là ! s'exclama Lola.

— Eh oui ! Le vieil Arthur, dans son costume trois-pièces, élégant comme toujours. Quelle époque ! Mais qui t'a donné ça ? insista-t-il encore.

— C'est Yvonne, la patronne des Lilas qui me les a transmises, tout comme elle vous transmet d'ailleurs ses amitiés.

— Yvonne ? Tu veux dire cette Yvonne, à côté du tilleul, dans sa jupette à fleurs ?

— Elle-même !

— Ça alors ! J'en reviens pas. Ça va faire une éternité qu'on ne s'est pas croisés. Il faut dire que je ne sors jamais. C'est une amie à toi ?

— On s'apprécie beaucoup ! »

Il se leva soudain, comme touché par la grâce.

« Si on l'appelait ? Hein ? Avec un peu de chance, elle nous rejoindrait pour le dessert ! »

Marie me prit la main et répondit pour nous d'un sourire étonné.

« Barbitus, déniche son numéro, veux-tu, qu'on l'appelle sur-le-champ ! Et apporte-nous deux bouteilles supplémentaires. Cette cuvée, c'est le petit Jésus en culotte de velours ! L'heure est aux retrouvailles ! »

Nos visages réjouis confortèrent son envie.

Une petite heure plus tard, voici qu'Yvonne débarquait, enrobée de plaisir. Elle avait sous la couenne de quoi ravir la troupe, encore et toujours plus. Quelques blagues, de bons mots, et surtout la tendresse qu'elle cultivait pour tous. Dans sa robe à petits pois, on aurait dit la fève d'une galette ardennaise. Elle s'était affublée d'un chapeau à bord large qui ventilait ses yeux et empruntait faussement des airs de Castafiore.

Tous se saluèrent chaleureusement. Chose invraisemblable, l'homme de main d'ordinaire si froid s'empressa même de lui laisser sa chaise. Eût-il eu le béguin ? Il n'en eût pas fait moins ? Seul son clébard savait…

Pierrot, lui, l'embrassa comme quelqu'un qu'il aimait, et je découvris là qu'ils se connaissaient plus qu'ils ne me l'avaient dit. Tous deux ne s'étaient pas vus depuis presque quinze ans mais s'observaient ravis entre leurs rides nouvelles. Ils reprirent leur conversation là où ils l'avaient laissée.

« Comment elle va, la Yvonne ? Depuis l'temps ?

— Oh, comme un soulier neuf, mon chicanier. Ça serre toujours un peu, mais un jour, on s'y fait.

— T'as rien perdu d'ta verve ! Toujours aussi fleurie ? »

Pierrot lui souriait comme un buffle attendri. Je crois qu'il aimait bien qu'une femme l'approche ainsi, avec le franc-parler d'une routarde aguerrie. Depuis sa rédemption il était un autre homme, père léger, cœur nouveau, et j'aimais cet homme-là.

Marie me remercia d'un éclatant regard, et cette profonde lumière qui lui collait à l'âme rendit ses yeux si purs que je les traversais. Tout allait *crescendo*.

Ensemble, nous les écoutâmes narrer leurs galéjades passées, revisiter la toile qu'ils avaient façonnée lorsqu'ils avaient nos âges et parler d'Angéline avec une tendre ardeur. Nos doyens avaient su avancer malgré tout. Vivre en dépit des larmes et apprendre à sourire au nez des coups du sort. Voilà ce qu'ils léguaient à nos cœurs apprentis.

Pour célébrer les retrouvailles, fidèle à sa nature, Yvonne leva les yeux au ciel, tendit son verre aux anges et joua les philosophes.

« Si vous m'le permettez, trinquons, mes bons amis ! Et les billes dans les billes, hein ! C't'important. Car comme le disait ma pipelette de mère : “Cueille le jour avant que la nuit t'accueille ! Quoi qu'il arrive : rien n'effacera les bons moments !” Celui-ci en est un. Santé ! »

Un coup de vent soudain força l'une des fenêtres et s'en vint lui répondre en soufflant son chapeau qui s'envola dans un ultime salut. Yvonne tenta vainement de le rattraper mais finit fesses au sol dans un éclat de rire.

Pour ma part, je sentis le vin raviver ma confiance et la chaleur complice du feu de cheminée me pousser dans le dos comme pour me mettre en scène. J'avais une chose à dire, un petit rien du tout qu'il me fallait oser.

39

« Les mots de rien »

Je me lançai sans filet, debout sur ma chaise pour quérir l'attention.

J'aurais simplement pu tapoter sur mon verre avec une fine cuillère, mais cette annonce me fit quitter le sol. Ces « mots de rien » rêvaient davantage de hauteur. Tous se tournèrent vers moi, attentifs.

« Pardonnez le dérangement. Mais, j'ai, tout comme Yvonne, une "broutille" à vous délivrer. »

Mon cœur battait la chamade.

« Si ce n'est rien, souffle un coup, mon garçon : t'es pâle comme une endive, répondit-elle sans filtre.

— Le vertige sans doute… Je ne suis pas vraiment doué pour les discours, alors soyez sympas, ne m'interrompez pas. Je vais tenter de faire court. »

Tous me laissèrent champ libre.

« Marie, Pierrot, Yvonne, Lola, Thérèse, Maurice. Qui aurait pu parier sur cet heureux dénouement ? Alors qu'il fut un temps… Bref ! Cela va faire six mois que je me lève entouré de vous tous, six mois que nous nous sommes enfin apprivoisés. »

Je regardai Marie et m'adressai à elle, avec le sentiment de passer une audition.

Je sortis de ma poche un papier imparfait, brouillon d'espoir. J'avais passé la nuit à coucher ces mots-ci, m'inspirant à l'envie des auteurs qu'elle aimait… Je dus prendre mon temps pour n'y rien écorcher.

C'était platement scolaire mais je ne trichais pas.

« Bon, vous constaterez de vous-mêmes que je n'ai pas la plume d'un Victor Hugo, mais les mots sont à tous et j'ai écrit ceux-ci. Alors… » Je me lançai enfin :

Marie
Puisqu'il faut vivre à s'en rompre le cœur
Bien que la vie s'épuise à nous causer chagrin
Je veux passer la mienne à chiner tes bonheurs
Et à défaire tes nœuds comme tu défais les miens

Toi,
Tu as cette étincelle qui me fait chavirer
Cette unique lueur dont je sais m'abreuver
Je me suis vu renaître en croisant ton chemin
Depuis je me surprends à chanter tes refrains

Tous m'écoutaient. Marie,
elle, ne me quittait plus des yeux.

Alors,
Peut-être est-il trop tôt pour jouer à ce jeu
Mais tout est si fragile que je ne puis attendre

À quoi bon faire semblant et étouffer ce feu
Qui fait que mon cœur sait,
qui fait que mes mains tremblent

Je t'aime belle hirondelle mais ne te rêve pas en cage.
J'ai pour te le prouver un pacte à proposer
Brassens me l'a soufflé comme un heureux présage
Aussi, belle anagramme
Me ferais-tu l'honneur de ne pas m'épouser ?

Et pour signer la chose, je tombai à genoux sur la table dressée, une main dans la salade, poursuivant malgré tout :

« Je n'ai ni bague ni collier pour sceller mon amour. Laissons-ça au vieux monde, veux-tu ? Moi, je veux t'aimer libre pour les temps à venir. »

Thérèse eut un sursaut :

« Qu'est-ce qu'il raconte, çui-là ? J'comprends pas ! Il l'épouse, ou il l'épouse pas ? »

Alors, Lola, complice, lança du phonogramme la chanson du vieux Georges comme nous l'étions convenus :

« J'ai l'honneur de ne pas te demander ta main
Ne gravons pas nos noms au bas d'un parchemin. »

C'était une non-demande en mariage, décalée certes, mais profondément choisie.

Marie me regarda, accrochant son sourire aux astres invisibles. Cette amoureuse absurdité la toucha autant qu'elle me rassura. Elle marqua un silence, significatif.

Je sentis en mon ventre un papillon passer. Puis deux, puis dix… Tous suspendirent leur vol.

Et sans autre réponse, d'un geste baptismal, elle bénit mon audace d'un baiser sur le front. Devant notre joyeuse assemblée, elle murmura, amusée et émue : « J'accepte ta "non-demande", Alexandrin. Et je veux bien voler quelques vies avec toi. »

La joie était intense autant que partagée. À refuser les codes, j'avais marqué les cœurs.

Pierrot sourit à Yvonne, qui sourit à Thérèse qui sourit à Maurice qui ne sut pas sourire. Rubicond, il caressa son paillasson de chien qui grogna son émoi comme un témoin aigri.

Et moi, je savourai alors la force des « mots de rien ».

40

Au bout des pieds

À compter de ce jour, nous connûmes un bonheur qui ne s'estompa plus, et nous nous prélassâmes à l'abri des habitudes qui minent le quotidien. Tout devint un prétexte pour que l'on se retrouve. L'heure, l'endroit, la latitude ne nous importaient plus. Seuls comptaient ces petits riens qui tricotaient nos jours : les balades saisonnières sur les plages désertes, les siestes improvisées, les horizons fleuris. Les pique-niques en forêt et ces nuits envoûtées. Nos déjeuners au lit, nos cinés, nos sorties, nos clafoutis maison, les dimanches sous la couette, et tout ce qui compose une vie de poésie lorsqu'on conjugue à deux nos verbes préférés. Être, aimer, chanter. Danser sous les étoiles, fondre, se consumer, ressentir et verser quelques larmes heureuses. Tout cela vint écrire les pages de notre histoire.

J'y vécus les chapitres les plus doux de ma vie. Jolie valse à mille temps qui nous offrit le temps d'honorer le présent.

Jusqu'à ce jour, enfin ! L'un de ceux dont on retient la date, la couleur, le parfum.

En ce 21 mai, devant notre assemblée, Marie, ma tendre Marie s'apprêtait joyeusement à « ne pas » devenir ma femme. Nos cœurs à contre-courant chérissaient cette utopie. Dans une grammaire aux contraintes inédites, nous nous rêvions fidèles mais libres dans la même phrase. L'avenir nous éditerait…

La bâtisse que nous avions choisie pour accueillir nos proches était une ancienne magnanerie. Taillée dans les lauzes au marteau des anciens, elle jonchait les hauteurs ventilées de l'Ardèche, lieu magique où était né le vieil Arthur et où nous rêvions depuis peu d'installer nos printemps. Il faut dire que Marie vouait une passion sans limites à la flore et aux paysages du coin. Elle s'était mis en tête de refleurir les pierres de notre « non-église » et s'affairait à cela depuis plus d'une semaine. Chaque jour, elle y découvrait une espèce nouvelle et s'y sentait chez elle, enracinée à cette terre de caractère. Nous avions trouvé là un lieu inespéré pour échanger nos vœux, profitant d'une vue qui laissait à penser qu'il nous restait un siècle à traquer la beauté.

L'odeur de la lavande flotte sur mes souvenirs.

Du haut de la colline, la forêt s'échappait sur un libre horizon, céleste, indomptable. Chlorophylle verdoyante, nourricière, peuplée de châtaigniers et de pins en pagaille. En contrebas, sauvage, la Beaume, insouciante rivière, coulait des jours heureux et frayait ses chemins.

Pas un nuage, ce jour, n'ombrageait notre union. Un troupeau de deux-chevaux et de vieilles Coccinelle roulaient en file indienne, certaines à flanc de falaise. Et nous… Bercés par le courant, nous accueillions nos proches endimanchés. Familles à composer, décomposées, recomposées : chacune avait son mode.

Ma mère, ma tendre mère, m'apparut tout en fleur : façon Flower Power, sillon de patchouli, fidèle à sa jeunesse. Elle en perdait vingt ans et « soleillait » pour nous. C'est ça ! Elle « soleillait », ayant croisé Marie quelques minutes plus tôt. Sans la connaître, mais sûre de son intuition, elle me glissa son émoi à l'oreille. Une mère, ça cause beaucoup et ça ne se refait pas. Et puis, quand ça a tort, ça a toujours raison !

« Elle est magnifique, ta Marie ! Elle rayonne de bonnes ondes. C'est une belle personne, frontale et sensitive à vue d'œil. Tu l'as bien choisie, mon fils.

— C'est elle qui m'a cueilli, maman. Les anges l'ont déposée un jour sur mon chemin.

— Tu crois aux anges toi, maintenant ?

— Possible… Depuis elle, en tout cas, je me pose bien des questions…

— Ton père serait fier de toi, tu sais… »

Là, elle pinçait une corde sensible. Ce ne fut qu'une petite phrase, pudique, mais Dieu qu'elle me troubla. Mon père serait-il fier de moi comme je suis fier de lui ? Fier. Seuls ceux qui ont grandi avec une telle morsure peuvent comprendre ce mot. Si seulement il savait comme j'aurais voulu voir dans ses yeux la fierté… Je jure l'avoir cherché, mon père, dans tous mes professeurs, dans les yeux des adultes durant toutes ces années, en vain. Alors, m'entendre dire qu'il serait fier de moi me bouleversa violemment, mais non sans joie. Je pensais bien à lui, perché sur son étoile et sur sa bienveillance.

« Sa robe est magnifique », se réjouit ma mère, m'extirpant de mes songes.

Marie arrivait enfin, rayonnante, au bras de Lola. Et je la découvris tandis qu'elle avançait entre les orchidées et les bouquets d'iris encerclant nos convives, dans la fraîcheur des lieux.

Sa robe était pensée comme une seconde peau, échancrée dans le dos, caressant le sol pour en humer l'histoire. Elle donnait l'impression qu'elle flottait dans les airs. Nuage. À décompter ses pas, je savourai, ému, un détail malicieux. Bohémienne sans tabou, elle s'approchait pieds nus ! Je contemplais leurs courbes, parfaites, j'étais conquis.

« Tu trouves ça ridicule ? sussura-t-elle.

— Pas le moins du monde. C'est pour ces pas de côté que je sais sans douter pourquoi je t'ai choisie.

— De toute façon, c'est toi mon seul soulier ! Alors on ne va pas "chipoclopiner" !

— Chipo-quoi ?

— Chipoter pour des clopinettes, me souffla-t-elle à l'oreille dans un baiser aussi décalé que son vocabulaire en la circonstance. Je chipoclopine, tu chipoclopines. Enfin, tu vois ? »

Que pouvais-je ajouter ? Je l'admirais pour ça. Cette assurance sauvage qui ondulait en elle… Ces mondes inhabités qu'elle m'offrait sans compter, la liberté au bout des pieds !

Tandis que sur ses hanches, à y voir de plus près, voletaient en silence une nuée de papillons cousus main, comme une ode à la vie.

Il y en avait partout et de toutes les couleurs… Comme un bouquet de nous.

Vingt heures sonnèrent. L'assemblée nous entoura, chaleureuse.

Marie saisit ma main, sous leurs yeux attendris pour prononcer ses vœux. De ceux-ci, je n'ai rien oublié : ni leur force, ni leur chaleur, ni leur vitalité :

« Alexandrin. »

Elle dégusta mon nom comme une sucrerie.

« J'ai croisé ton chemin un matin de juillet. Tu semblais loin, ailleurs. Mais nous voici ici, quelques surprises plus tard, à fêter notre envol. Cela était-il écrit ? À tes côtés, j'avoue n'avoir plus peur de rien, sinon envie de tout. Je t'aime. Mon cœur le chante. Je t'aime d'exister. Aussi, j'ai dans le ventre une flamme intrépide lorsque je pense à nous. »

À entendre ces mots, mon cœur applaudissait.

« Toujours au creux du ventre, j'ai ce “je n'sais quoi” qui me fait t'adorer. Vous le voyez, mon ventre ? dit-elle à l'assemblée, y déposant mes paumes. C'est là que tout se trame, au creux de ce chaudron. Là que fleurit l'amour, que bruissent les papillons dont parlent nos poètes. »

Elle me fixa alors, bien plus intensément. Tout mon être en frémit.

« Aussi, bel artisan, puisque tu te proposes de ne pas m'épouser, accepte qu'à mon tour je joue selon tes règles. J'ai quelque chose pour toi. »

Un cadeau ? Je masquai mon émotion lorsque ces mots firent mouche à l'entendre annoncer :

« Oui. Enfin… Un, ou une… Allons savoir. Il est encore un peu tôt pour le dire… »

Le silence m'étourdit, comme si le monde entier espionnait mon cœur battre, et je lus l'évidence à voir rosir ses joues.

Enthousiaste et bruyante, l'assemblée applaudit, tandis qu'en mon silence je jubilais d'apprendre que, bientôt, il ou elle m'appellerait papa. Et j'étais sûr, alors, que le mien rayonnait d'où qu'il puisse m'observer.

Et parmi les convives poussant des cris de joie, le ciel sous confettis se couvrit de couleurs.

Et nos yeux imprimèrent sur nos disques mémoire de doux Polaroid.

41

Bonnevie

Douzième semaine de grossesse

Si la savoir enceinte fut bien la plus belle chose qui me soit arrivée, nos vies prirent néanmoins un rythme différent et notre quotidien s'en trouva bouleversé. Bourgeonnant d'impatience, tel un aventurier sous « abracadabra », je décomptais les jours.

Et, pour la deuxième fois, j'accompagnai Marie à son échographie. Lors de la précédente, nous avions entendu pulser comme un tambour et avions décrété qu'il battait la chamade, joyeux.

Je me souviens de tout. Ses frissons renaissants sous le gel encore froid, la sonde, l'écran noir, l'attente d'un résultat qui nous rendait alertes et le nom de l'échographe : Miss Bonnevie ! Cela nous amusa. Nous étions impatients d'en connaître un peu plus sur ce bout de nous deux.

L'examen débuta. Marie s'allongea sur le dos. Ses longs cheveux bruns dessinèrent sur les draps des courbes ondoyantes.

« Détendez-vous, madame. Respirez calmement. »

Rousse, la cinquantaine, lisant sur nos visages toute notre inexpérience, Bonnevie nous rassura d'une voix apaisante :

« C'est votre premier enfant, n'est-ce pas ?

— Oui. Notre tout premier, lui répondit Marie.

— Ne vous inquiétez pas. Les futurs parents sont tous un peu comme vous. C'est bien normal au début. »

Nous étions un peu gauches sans doute.

Elle scruta avec curiosité son beau ventre arrondi, jouant de son élasticité, presque musicalement. Nous restions aux aguets.

Sous l'écran, nous sentions que la vie était là. Quelque chose se tramait, un rythme saccadé, puissant. Mais, n'ayant pas les billes pour tout interpréter, l'angoisse nous gagnait. Elle, demeurait muette, concentrée, impassible. Quelques minutes filèrent, capricieuses, excessives… À me donner l'envie de fuir.

À patienter ainsi, je rembobinais malgré moi la pellicule de mon existence, et je m'y revoyais tel un gosse agité. J'attendais mon gros lot comme on pêche à la ligne des canards en plastique dans les fêtes de village. Et j'espérais tomber sur un jouet sympa. *Quel serait mon cadeau ?* murmurait mon enfance insolente.

J'aurais dû avoir honte quand la main de Marie m'arracha à mon rêve incongru.

Elle serra la mienne un peu plus fort et je retins mon souffle. L'échographe s'apprêtait enfin à parler :

« Alors… Rassurez-vous, tout est ici en ordre ! Mais c'est un cas un peu… particulier. »

Voilà ! Voilà le genre de phrases que nous redoutions tant. Celles qui vous laissent un pied enraciné au sol et l'autre dans le vide, avec un vent puissant pour corser l'équilibre.

« Qu'entendez-vous au juste par “un peu particulier” ? » interrogea Marie, perplexe.

Les yeux écarquillés, les lèvres pincées comme pour nous dire bravo, elle poursuivit :

« C'est-à-dire que vous m'imposez là un heureux cas de figure qui ne se présente pas tous les quatre matins dans notre service. Pour moi, ce n'est que la seconde fois en dix ans.

— Mais que voulez-vous dire ?! »

Mes jambes me lâchaient presque.

« Eh bien, j'ai la joie de vous annoncer que, elle regarda Marie, *vos* enfants cohabitent bien. Tout est ici en ordre ! La vie bat son plein. »

Pause ! J'aurais voulu faire pause, ou « Pouce ! » comme l'aurait dit l'enfant qui sommeillait en moi, et revenir en arrière.

« Votre langue a fourché ou j'ai entendu *vos* ? interrogea Marie.

— Je parle bien au pluriel. Vos enfants cohabitent bien.

— NOS enfants ? » reprîmes-nous, incrédules.

Le vertige à l'épaule, entre joie sans frontière et angoisse soudaine, seul un épais silence nous liait encore. Comme si, tout à coup, on s'inventait des ailes à deux pas du soleil. Icare m'en est témoin : c'est un jeu dangereux.

« Des jumeaux ? » repris-je timidement, pour être sûr que nous ne rêvions pas.

Mais sa réponse n'apporta pas l'apaisement escompté, et mes jambes me lâchèrent pour de bon.

« Eh non, chers amoureux. Des jumeaux, c'est assez commun par les temps qui courent. Avec les FIV, les cas se multiplient. Vous, jeunes gens, vous vous êtes manifestement montrés plus ambitieux. Si ma lecture est bonne, et je crois bien qu'elle l'est, vous aurez d'ici peu toute une joyeuse troupe. Ce sont des triplés, madame. J'en vois bien trois. (Elle détailla l'écran.) Là, ici et puis ici, à ne plus en douter. En revanche, il est trop tôt pour identifier les sexes. Quoi qu'il en soit, je suis ravie pour vous ! Toutes mes félicitations. »

Radieuse, Miss Bonnevie disparut dans un éclat de vie, tandis que muets et sonnés, pris de frissons : nous disjonctions.

42

Les épaules

Une journée passa, puis trois, puis quatre, puis six, tous deux un peu sonnés, affairés à prévoir ce que seraient nos vies d'ici leur arrivée. Aurions-nous les épaules ?

Trois enfants ! Mais comment devient-on trois fois parent d'un coup ? Existe-t-il un mode d'emploi ?

J'avais beau arpenter les rues de long en large, la mystérieuse Duchesse des bons conseils n'avait cette fois-ci rien à me prescrire. Je cherchais un soutien pourtant. Les questions se heurtaient.

Multiplier la vie, cela divise-t-il le couple ? Et niveau place, niveau planning, niveau nourrices ? Niveau crèche, biberons, couches, poussette ? Tu parles d'une équation ! L'inconnu nous hantait. Tout arrivait trois fois plus vite, trois fois plus violemment ! Une angoisse puissance trois.

Les conseils de la troupe vinrent amplifier nos craintes.

« Il ne vous reste plus qu'à acheter un château », se réjouit Lola.

« C'est Dieu qui vous la r'tourne ! Si vous z'étiez mariés pour de vrai… » sermonna sainte Thérèse

« Va pas falloir chômer ! » vint enchérir Pierrot.

Mais tous semblaient heureux de retrouver la vie, une vie augmentée, d'un seul coup.

À projeter cet avenir qui nous semblait si proche et pourtant si lointain, nous vivions de projets. Sans regret, je quittai définitivement mon appartement et m'installai avec eux au manoir, dans l'attente… L'attente…

Attendre qu'ils arrivent, attendre qu'ils nous élèvent, attendre de trouver une maison pour nous cinq du côté de l'Ardèche, avec un grand jardin et un petit coin de rivière. Marie rêvait de cela. Ses racines maternelles la liaient à cette région, à ces reliefs, à ces espaces sauvages. Sans cesse, elle en parlait :

« C'est là-bas qu'il faut être, tu entends ? Là-bas. C'est mieux pour les enfants. Crois-moi Alexandrin. On y prend le temps de vivre, on y goûte les saisons.

C'est un pays d'artistes, de poètes, de femmes libres. Toi dans ton atelier, et moi dans mon jardin. Ce ne peut être que là-bas. »

Je l'écoutai, la suivant sans mot dire, agrippé à ses rêves. Nous tricotions les nôtres au principe de plaisir, mais ce moment passé, la réalité comme un boomerang nous revint en pleine face.

Et, pour nous ressaisir, il nous fallut trouver un cœur de bon conseil. Et c'est bien sûr Yvonne que nous allâmes quérir.

*

Paumes enlacées, d'un pas pressé, nous prîmes la route des Lilas. À peine installés à la terrasse, il ne lui fallut pas dix secondes pour comprendre qu'un malaise opérait. Sans plus attendre, nous lui confiâmes nos états d'âme, non sans détour…

« Ça alors ! J'en reviens pas ! Trois mouflets du premier coup. Ben, mes chéris ! Vous, on peut dire que vous n'faites pas les choses à moitié. Entrée, plat et dessert ! »

Elle tentait par l'humour de nous réconforter, mais nous restions de marbre. L'angoisse gagnait et Marie se crispait.

« Allez ! N'faites pas la grimace ! C'est un cadeau du ciel ! Pis z'êtes pas les premiers. »

Nous ne pouvions lâcher prise, pourtant.

Lorsque, entre deux gorgées, comme un éclat du cœur, Marie se libéra :

« Et si ça se passait mal ? »

Je refusais d'entendre. Comment n'y avais-je pas pensé ? Je me surprenais moi-même de mon aveuglement.

« Arrête ! Pourquoi tu t'fais des nœuds ? Y a pas de raison de dire ça, lui répondit Yvonne.

— Pas de raison ? reprit-elle. Pas de raison ? Bien sûr qu'il en est une, et elle est légitime. Tout le monde sait bien ici que j'ai le cœur fragile. Trois enfants d'un seul coup, ce n'est pas sans danger.

— Oui mais… »

Elle me coupa.

« J'ai vu mon cardiologue hier après-midi.

— Pourquoi ne m'as-tu rien dit ? demandai-je, inquiété.

— À ton avis ?

— Mais dis-moi, Marie. Je dois savoir. »

Elle expira longuement.

« Il est resté prudent mais confirme en effet qu'un accouchement si rude, pour un cœur comme le mien, peut comporter des risques. »

Je me décomposai.

« Que veux-tu dire, au juste ? Quels risques, insistai-je ?

— Tu m'as très bien comprise », reprit-elle, la gorge nouée.

Les mots étaient lâchés comme autant de rafales et je me retranchais. En ces moments d'angoisse, on se rattache aux branches pour amortir la chute et l'on peut dire des mots sans en saisir l'impact.

« Marie, tu sais que quel que soit ton choix, je serai à tes côtés. »

Elle me maudit du regard.

« De quel choix parles-tu ? »

Nerveux, je bredouillai :

« Si tu risques en effet de ne pas supporter, il est peut-être plus sage de…

— Tais-toi. Ne dis pas un mot de plus. »

Ses yeux me condamnaient : le mot n'était pas dit qu'elle m'en voulait déjà.

« Alexandrin, j'ai peur. Mais les rêveuses comme moi ne croient pas au hasard. Destin ou destinée, il nous faut accepter. »

Yvonne ne savait plus vraiment trop où se mettre. Elle hésitait, muette, puis se remit en voix, énergique et tendre :

« Calmez-vous, mes chéris. Qui peut dire ici de quoi demain sera fait ? Ça ne sert à rien de craindre. Ça ajoute à la note. Courage et optimisme, voilà ce qu'il vous faut ! Attendez-moi là, va. Je vais nous faire des crêpes. On cause jamais trop juste avec le ventre vide. »

Pour chaque mal, elle avait un remède de grand-mère. Yvonne : le paracétamol de nos vies tourmentées.

Accusant le coup, j'embrassai le silence qui ne me consola guère. Mon regard s'enfonça dans le vide, aux abonnés absents. Les lueurs colorées du carrousel s'essayèrent en vain à me réconforter. Seuls les rires tournoyants des marmots vinrent adoucir ma peine. Je m'y noyai un temps…

Lorsque Yvonne revint avec les premières crêpes, m'extirpant de mes songes.

« Croque-moi ça, jolie fleur, lança-t-elle à Marie. Ne t'laisse pas aller, va. Ta joyeuse colonie a besoin de ces forces, et j'ai mis dans cette pâte plus d'amour qu'il n'en faut. »

Ses mots séchèrent nos larmes tout comme l'odeur sucrée réveilla nos papilles et nous remit sur pied. Nous décidâmes, craintifs, d'avancer pas à pas, du moins pour le moment.

Une bouchée après l'autre…

Il nous fallait goûter à la vie autrement. Dorées, confiturées, ces crêpes que nous croquions nous indiquaient la voie. Marie déposa sur mes lèvres un baiser fébrile… Nous allions profiter de chaque instant offert dans les six mois à venir. L'hiver me semblait proche pourtant.

43

Les marguerites

Dix-huitième semaine de grossesse

Le temps fit son œuvre, jour après jour. Marie avait dans le sang la force énigmatique qui fait l'amour d'une mère. Invincible, éternel, lumineux en tout point. Bien qu'elle forcisse à vue, elle ne se plaignait guère. Ni des douleurs dorsales ni des palpitations qui l'épuisaient parfois et la laissaient couchée. Quatre mois et demi de grossesse, et un ventre aussi rond qu'une petite montgolfière. Elle était aérienne.

Je me souviens encore de la joie ressentie quand pour la première fois je vis son flanc bouger. Ondoiement fabuleux. Cette divine triade qui siégeait en son ventre parfois la bousculait, changeant de position. Et je voyais sa peau légèrement se distendre. Chaque jour, j'embrassais ce rond ballon de vie et susurrais ces mots à nos trois papillons :

« Allô allô. Ici la Terre, vous m'entendez ? C'est papa qui vous parle. »

Il arrivait parfois qu'ils répondent d'un mouvement, comme pour dire « On t'entend. Pas la peine de crier ».

« Aujourd'hui, nous allons nous promener. Si l'un d'entre vous y voit une objection, qu'il se manifeste. Je répète : Ici la Terre. Est-ce que vous m'entendez ? »

Cela faisait rire Marie, qui s'en mêlait aussi :

« Vous allez répondre à votre père, oui ? Tiens, mets ta main là. Tu vas voir. »

Merveilleuse connexion. Sous sa peau : l'avenir. En son ventre habité, poussaient nos chérubins. Que pouvaient-ils se dire ? Entendaient-ils nos voix ? Avaient-ils l'impatience de nous toucher enfin et de naître à ce monde ?

Vingt-quatrième semaine de grossesse

Troisième rendez-vous. Nous retournions, curieux, chez l'échographe. Il était temps, enfin, de découvrir les sexes de nos futurs enfants. Surprenant quand j'y repense : Marie n'avait jamais donné sa préférence. Comme si elle savait, là, telle une tendre évidence, qu'elle les aimerait autant, qu'ils soient filles ou garçons.

Qui pouvaient-ils bien être dessous ce ventre rond, blottis à l'intérieur de cette louve carapace ? Prédictions et fantasmes allaient bon train.

Pour ma part, il me faut l'avouer, je rêvais de garçons, au moins deux si possible. Des garçons, ça me parlait parce que ça joue au foot, ça crapule, ça bagarre, ça part à l'aventure. Bref… ça parlait mieux ma langue.

Enfin, je me disais ça. Angoissé à l'idée d'une ribambelle de filles, je ne quittais plus l'écran des yeux, muet, poings serrés, espérant voir au moins deux pénis victorieux apparaître en pixels.

À l'affût, le regard fixe, je ressemblais en tout point à ces illustres inconnus tirés au sort dans les jeux télé. Pareil à ceux qui s'en viennent tourner la roue d'une fortune espérée. Dans ma tête, un public survolté m'encourageait à l'unisson, aiguillonné par un présentateur taquin. « Des garçons ! Des garçons ! Des garçons ! » La foule tapait des pieds, survoltée.

Comme si avoir des fils allait être plus simple, plus sympa, plus glorieux. Non. J'avais peur, en fait. Peur que le sexe opposé ne dépasse les limites que je savais les miennes. Peur de n'être qu'un homme, dans toute sa solitude, vulnérable, maladroit.

« Arrête de te torturer, me dit Marie. Ce sera comme ce sera. Ce n'est pas toi qui décides, de toute façon.

— Je sais.

— Alors souris ! »

En dépit des paris et des vaines prédictions, Miss Bonnevie vint remettre les points sur les *i* :

« Aviez-vous des préférences ? »

Petit sourire en coin, elle jouait avec mes nerfs.

« Aucune, pour ma part, répondit Marie. Je laisse couler la vie.

— Et monsieur ?

— Si vous voulez parler du garçon tout en testostérone qui tremblote sur ma gauche, eh bien, il rêve de petits soldats ! Au moins deux si possible ! »

Assis à la « terrasse des blablas entre filles », je préférai me taire. Bonnevie me regarda, amusée :

« Dans ce cas, l'heureux papa devra sans doute prendre des cours du soir et apprendre à faire des nattes. » Un frisson m'assiégea.

« Comment ça ? »

Je refusai de comprendre.

« Ce sont trois petites filles qui se prélassent ici. »

Marie explosa de rire à contempler ma mine, bouche pincée.

Mon public d'infortune, lui, se contenta d'un interminable « Ohhhhhhhh ! » de désolation, et mon présentateur imaginaire déguerpit dans la foulée, emportant dans sa course sa roue tourbillonnante et son micro clinquant. L'écran, lui, s'éteignit. « Merci d'avoir suivi cette émission. À vous les studios ! Bonsoir ! »

Trois filles. Mon Dieu.

J'allais comme toute Édith voir notre vie en rose.

Sans plus tarder, j'enfilai mon nouveau costume.

Cela réveillait en moi des instincts paternels que je ne soupçonnais pas. Et pour la première fois, je comprenais Pierrot, ses craintes légitimes et son esprit guerrier. Nul ne se risquerait à cabosser le cœur de nos trois petites fées.

J'embrassai avec fougue son ventre magnifique, blotti contre nos fines et si précieuses fillettes. Le trio patientait sous cette bulle moelleuse, dans ce douillet refuge où elles dansaient en paix.

Lorsque nous annonçâmes la nouvelle au manoir, Pierrot n'eut qu'une larme pour exprimer sa joie. Se voyait-il grand-père, tandis qu'elles trébucheraient entre les allées vertes ? Ce gaillard fait de pierres, d'eau vive et de tendresse, qu'il était attachant ! Comme il avait du charme sous ses rides barbelées.

« Faut que je boive un verre d'eau. J'ai la soif au cœur ! »

Il dut reprendre son souffle :

« Ah… Mes crapulettes. Mes marguerites ! Mes gangsters en jupettes…

— Pas sûr qu'on veuille en faire des voleuses d'allumettes », reprit Marie fissa.

Et chacun de les imaginer. Sauf bien sûr Barbitus, prisonnier de lui-même, à l'abri du soleil.

Pierrot nous bénissait. Jamais je ne l'avais vu si joyeux.

« Trois filles ! Mon Dieu, trois filles ! s'exclamait-il en litanie. Vraiment, vous faites de moi le plus heureux des bougres. »

Le manoir était en liesse, et dans la froidure hivernale, nous attendions avec impatience qu'elles courent dans le jardin, qu'elles se dandinent à table et qu'elles se tirent les couettes pour colorer nos vies.

« Souriez, dit Lola en prenant sa photo. L'avenir appartient à ceux qui se rêvent tôt ! »

44
Décembre

Et décembre déjà. L'hiver s'installa. La féerie de Noël s'empara des rues du village, les sapins enguirlandés poussèrent au cœur des maisons, l'odeur des marrons chauds s'éprit de nos fourneaux, Tino Rossi se remit en couple avec mon vieux gramophone et la gigantesque cheminée du manoir reprit ses crépitantes habitudes.

Souvent, Marie s'y réchauffait, un recueil à la main, allongée sur sa méridienne bleu roi. Prévert l'aidait en poésie à voyager un peu. Elle aimait son humour, ses jeux de mots, tendres et féroces à la fois.

Ce soir-là, tandis que je disposais l'ultime étoile à la cime du sapin, elle m'appela près d'elle. Le vent battait les vitres et les flocons de neige saupoudraient le jardin.

« J'ai longuement réfléchi à leurs prénoms tu sais. Et… ça y est ! J'ai les trois. »

Nous étions convenus qu'elle seule les choisirait, et je faisais confiance à son imaginaire.

« Les trois ? Tu en es sûre ?

— Certaine. Le dernier vient tout juste de se présenter. Il arrive à l'instant. »

Lentement, elle saisit une grande boîte d'allumettes qu'elle commença à disposer une à une sur ses cuisses. Appliquée, un bâton après l'autre, je la vis dessiner ces lettres :

« C.H.L.O.É. » Le *la* était donné et je m'y accordais.

« La première sera Chloé. Parce que ça sonne juste, c'est vivant, c'est clair comme un appel, comme une fleur qui éclôt, d'un coup, sans hésiter. Parce que toutes les Chloé ont des rêves plein la tête. Parce qu'elles sont tendres et fortes. Chloé, c'est musical. Et puis, Chloé, ça frétille sous la langue, ça pétille, ça éclate comme des Frizzy Pazzy, ça donne du baume au cœur. C'est une belle ouverture. Qu'en dis-tu ? »

Elle m'en voyait ravi. Un prénom d'audacieuse.

« Qui sera la suivante ? » lui demandai-je, curieux. Une allumette après l'autre, toujours et soigneusement, je la vis écrire :

« P.R.U.N.E. La deuxième sera Prune. Parce que ça nous ressemble. Les Prune, c'est du bonheur, du sucre pour les yeux. Ça sonne en gourmandise, c'est bon comme un fruit mûr. Elles sont secrètes et malicieuses les Prune, elles tracent leur sillon sans bruit mais non sans joie. Et puis, c'est doux comme un murmure, ça éveille, ça virevolte, ça chatouille le palais. Prune, c'est vraiment joli.

— Et tu l'amènes si bien. Prune, c'est du clafoutis. »

Je l'adoubais comme elle. Chloé, Prune, c'était chouette comme un air de Bourvil.

« Tu te demandes sans doute qui couronnera le bal ? »

L'impatience me grisait. Qui allait entrer dans la danse ?

« Notre petite dernière, celle qui saura attendre et se faire désirer, j'aimerais que nous l'appelions V.I.C.T.O.I.R.E. »

Je marquai un silence, complice.

« Regarde-moi, dit-elle. Victoire sera son nom. Parce que, quoi qu'il m'en coûte, je serai comblée de la voir couronner cet accouchement. Victoire, c'est un cri d'espoir, ça éclate au palais comme un feu d'artifice. Victoire, c'est téméraire, énergique et guerrier. C'est la vie qui triomphe et cela me suffit. »

Silencieux, je la contemplai. Elle éclairait l'espace.

Ce sourire sur l'instant… Son regard dans le mien : pas un miroir sur Terre n'aurait pu m'octroyer un si précieux reflet. Prévert et son recueil, discrets, se retirèrent, échappant de peu à la douceur des flammes.

Chloé, Prune et Victoire.

Cela sonnait clairement comme une ode à la vie.

45

Le berceau

Deux jours plus tard : 11 décembre

Alors que le coucou du pendule gazouillait son implacable ponctualité, Marie s'entichait d'une idée qui ne la quittait plus.

« À quoi penses-tu ? lui demandai-je, tandis qu'elle dévorait les pages d'un magazine sur l'art d'être parents.

— T'occupe ! Montre-moi plutôt tes mains », répondit-elle, imperturbable.

Je les lui tendis. Espiègle, elle y promenait les siennes.

« Depuis combien de temps n'ont-elles pas servi ces mains d'ébéniste ?

— J'ai arrêté de compter, soupirai-je.

— J'aimerais qu'on leur construise un berceau. »

Elle me fit part de sa lubie avec une telle excitation… On aurait dit une sauterelle surpondérée sous amphétamines.

« Un berceau ?

— Oui ! Je veux et j'exige que tu t'y plies, qu'il soit fait de tes mains et de mes fantaisies ! »

Elle avait en ses traits des airs de Cléopâtre.

— Tiens donc ! Un caprice ? » Les hormones sans doute !

« Je l'imagine déjà : le bois, les couleurs, la forme, les motifs, tout ! Il n'y a plus qu'à se retrousser les manches. Promets-moi qu'tu vas le faire, s'il te plaît. »

Je la laissais mariner, à feu doux. L'idée m'habitait depuis des semaines, et je tirais des plans sur le berceau, mais je la laissais croire en son initiative.

« Si ça peut te faire plaisir. Va pour un berceau.

— Comprends-moi bien, agrémenta-t-elle d'un clin d'œil entendu, l'idée n'est pas tellement de leur construire un berceau lambda. Non ! À nous d'inventer LE chef-d'œuvre d'ingéniosité qui bercera nos filles. Il faut qu'il soit unique !

— Arrête ton cinéma ! De quoi tu doutes ? Je vais m'appliquer !

— J'y compte ! Parce que je le veux fantastique, tu m'entends ? Je l'imagine avec un juke-box intégré, un tableau de bord en formica, une autonomie de trente jours. Faudrait qu'il puisse atteindre les quatre-vingt-huit miles à l'heure si on avait à déserter l'époque pour une fin du monde éclair ! »

Les hormones toujours... Les hormones puissance trois, pensai-je, amusé.

« Autre chose ?

— Puisque tu sembles motivé, j'apprécierais qu'il ait un mode préparation de biberons. Et puis, faudrait qu'il change les couches aussi, qu'il s'autonettoie toutes les deux heures, qu'il géolocalise au besoin les parcs et jardins alentour. Ça te paraît jouable ? »

Je riais tout comme elle de ses folles envolées. Plus calme, elle poursuivit :

« Tu t'en souviens, toi, du berceau de ton enfance ?

— Non. Pas vraiment.

— Ben voilà ! T'as ta réponse ! C'est qu'il n'avait pas été pensé avec suffisamment d'amour ! Moi, je me rappelle le mien en tout cas, dans les moindres détails. C'était un cocon vintage, en rotin, avec de petites roulettes jaunes et une capuche bleu ciel. Mon grand-père y avait même gravé mon prénom. Et nous ne l'avons jamais donné. Ça ne se lègue pas, ces trésors-là. Je veux qu'on l'imagine ensemble, Alexandrin. Toi, tu t'occuperais du bois, moi, je le fleurirais. Ce serait chouette, non ? »

Elle était habitée, corps et âme.

« T'as raison. C'est important un premier cadeau, une première terre.

— J'aimerais qu'elles puissent s'y voir, qu'elles interagissent. Il y a tout un article dans ce magazine qui détaille les avantages et les inconvénients de telles ou telles dispositions lorsqu'on a des triplés. On pourrait les y disposer en petit cercle, à moins qu'on ne les y range en file indienne.

— Quitte à jouer d'originalité, incorporons-y quelques rétroviseurs ? »

J'entrais dans son jeu.

« Tant qu'on y est, pourquoi ne pas y greffer un petit coffre à souvenirs, qu'en dis-tu ? Une sorte de boîte à pépites, tu vois l'idée ? Dès qu'elles feraient quelque chose d'étonnant, de rare, un truc en vaut la joie : on le noterait. On l'immortaliserait sur une photo, un dessin, que sais-je, et on y consignerait l'ensemble.

— Tu vois, quand tu le veux bien ! s'exclama-t-elle. J'adore ! On en ferait des diapos, autant de souvenirs pour plus tard… »

Et nous nous empressâmes d'en dessiner les plans. Sans les suivre à la lettre, je me mis au travail, plein d'ardeur et d'envie. Je traquai les plus belles essences pour élire au final l'orme, bois rare et précieux.

Qui plus est, je n'étais pas insensible à la couleur du mot, à ses sonorités évocatrices. Je passais mes journées à soumettre le bois et les heures défilaient, pleines, radieuses.

Après avoir débité, formé, poncé et assemblé, collé, gravé, laqué… Le précieux berceau trônait enfin au centre du salon.

Auréolé de gui et de lavande séchée, il n'avait certes pas les options escomptées, mais leurs prénoms y étaient gravés et les petits rétros disposés çà et là lui donnaient un charme désuet de DeLorean.

Nous les imaginions, emberlificotées dans leurs chaudes gigoteuses.

Comme nous, la famille, les amis et la boîte à pépites commençaient à s'impatienter.

Le berceau, lui, attendait, magistral et silencieux.

46

Il n'était pas Noël

19 décembre

En ce dimanche, nous avions profité des derniers rayons du soleil d'hiver. L'après-midi nous avait offert quelques amicales visites, de doux éclats de rire, et passé le repas du soir, Marie était allée se coucher aux alentours de vingt et une heure trente. Pierrot m'avait invité à boire un dernier verre et nous avions saisi cette heureuse occasion pour ressortir son vieux télescope, histoire de prolonger l'ivresse, d'apprivoiser les étoiles. Tout me semblait couler. Je n'avais rejoint Marie que deux bonnes heures plus tard et n'avais pas peiné à trouver le sommeil. Elle était déjà loin, absorbée par ses rêves.

Comme à notre habitude, nous n'avions pas fermé les volets. Nous chérissions tous deux les reflets de la lune. Cela la rassurait.

Mais comment me défaire du fichu courant d'air qui s'en vint me glacer ?

Marie dormait profondément, calme comme l'eau des lacs. Lorsque, au petit matin, je la sentis se crisper puis étouffer un cri. Il n'était pas six heures.

Je lui touchai l'épaule et découvris, inquiet, que tout son corps tremblait.

« Marie, ça va ? »

Le silence en réponse.

« Ça va, Marie ? Qu'est-ce que tu as ? »

Ses dents se mirent à claquer sous l'effet de la fièvre, soudainement. Que lui arrivait-il ? « Que se passe-t-il, Marie ? Dis-moi ! »

J'allumai la lumière, la découvrant prostrée, recroquevillée, prisonnière d'un invisible mal.

Impossible de garder mon sang-froid. Pas cette fois-ci. L'adrénaline me prit en une demi-seconde, ma voix se tendit.

Mon ton grimpait en flèche et mon cœur s'emballait.

« Regarde-moi ! Qu'est-ce que tu as ?

— J'ai l'impression qu'une lame me transperce le nombril, murmura-t-elle dans un souffle.

— Essaye de te concentrer sur ta respiration. OK ? Calme-toi.

— Je n'y arrive pas. J'ai cru que l'une d'entre elles tentait de se retourner mais là c'est insoutenable. J'ai mal, Alexandrin ! Je ne sais pas ce qui m'arrive. »

Sa douleur s'intensifiait. Elle s'agrippait aux draps qui recouvraient son ventre comme un chêne s'enracine à la terre qui le lie.

« Laisse-moi voir, lui demandai-je. Montre-moi, s'il te plaît. »

Prise d'un spasme puissant, brusquement, elle se retourna. La couette glissa au sol dans un mouvement tragique. Et de son entrejambe, je vis lentement les draps se maculer de sang, dessinant une tache rouge sur le tissu blanchâtre. Sous l'effet de la fièvre, elle commença à délirer, à balbutier des phrases décousues de raison.

Je me tenais près d'elle, incrédule. Pris de panique, je déposai mes mains sur son ventre meurtri, malhabile.

« N'ayez crainte, mes fillettes. Maman est fatiguée, mais papa va gérer. »

Je nous mentais bien sûr, bien incapable ici de trouver une lueur aux tréfonds du malheur. Ce fut si fulgurant, si violent, si soudain. J'aurais voulu cent mains pour lui venir en aide et extirper ces flammes de son ventre blessé, cent bouches pour l'embrasser mais… mes vœux n'eurent point d'écho.

Et comme un maléfice, ou comme les papillons qui suffoquaient en elle, Marie lentement sombra. Petit à petit, ses battements se calmèrent jusqu'à ce que ses ailes ne puissent plus se mouvoir, les couleurs qui jadis enluminaient ses joues s'évanouirent en silence, son souffle s'étiola, l'océan de ses yeux se tarit et, sans trouver remède, je la vis doucement s'éteindre, totalement impuissant.

Connaissez-vous l'empreinte qu'elle laisse au creux de l'être ? Le triste puits sans fond qu'elle s'applique à creuser ? C'est cela, l'impuissance : une vie dérobée, un amour désarmé, une impossible paix.

La suite ? La suite est bien trop floue. La stupeur de Pierrot, appel, SAMU, brancard comme un triste refrain. Comment l'ont-ils portée et que lui ont-ils dit ? Je me souviens seulement des draps ensanglantés qui tapissaient le lit et vinrent meurtrir mon âme.

Les sirènes retentirent qui l'emmenaient au large. Le soleil se levait. Il réveillait la ville, et c'est pourtant la pluie qui tombait sur ma vie. Une pluie amère, acide, corrosive. Une pluie d'abandon.

La féerie de Noël insultait ma douleur. Mes pauvres papillons ne purent rien éviter, et l'on peut vivre mort, j'en ai la certitude.

47

Les ronces

Mes souvenirs reprennent sur la chaise envoûtée de cette grise salle d'attente. Elle grinçait sa tristesse comme un rafiot rouillé se destine au naufrage. Tout paraissait si fade, si mort, si délavé que l'univers restreint qui nous servait d'estrade, le caillou de misère sur lequel nous flottions me semblaient délétères.

Assis avec Pierrot, menottés à l'attente, nous nous décomposions. Je connaissais, hélas, ce feu qui vous consume. Incendie viscéral, il dévaste vos forêts, assèche vos océans, ne laisse rien renaître.

Je pensais à nos filles : survivraient-elles alors ? Je n'étais pas auprès d'elles. Quelle terrible injustice ! Savoir Marie si seule à lutter contre quoi, et dans quelles conditions ? Pour seul espoir ces portes que je scrutais en vain, espérant une grâce, implorant à mon tour tous ces anges invisibles qu'elle aimait convoquer. Le désespoir poussait telle une ronce sous nos pieds.

Jusqu'à ce que vers onze heures…

Figés, nous le vîmes arriver, blouse blanche maculée, à l'étroit dans son rôle et comprîmes sans mot dire que les cieux et le reste nous avaient délaissés.

« Messieurs. »

Il marqua un silence… L'un de ceux dont on sait le secret qu'ils retiennent. Mon visage se fendit tel un verre de cristal car ses yeux l'avaient dit avant ses mots.

« L'équipe de jour a fait tout ce qui était en son pouvoir pour stopper l'hémorragie de Mlle Mariposa mais je suis au regret de vous annoncer que nous n'avons pas pu la sauver. Elle est dans un premier temps rapidement revenue à elle. Puis nous avons opté pour une césarienne en urgence. Elle a accepté ce choix, sans hésiter. Durant près de quatre heures, nous nous sommes relayés pour donner force et vie à vos petites filles. Toutes trois naissent aujourd'hui prématurément et sont à présent hors de danger. Malheureusement, nous en sommes désolés, le cœur de votre épouse, le cœur de votre fille n'a pas tenu. »

C'est ainsi que le monde s'arrêta de tourner, ce lundi 20 décembre, à 11 h 42.

Bien incapable d'accueillir la disgrâce qui s'abattait sur nous, je ne sus dire que ceci, comme pour mieux m'en extraire :

« Nos filles ? Où sont nos filles, monsieur ? »

Il me fallait les voir. Paniqué, je m'agitais comme un plongeur cherche son oxygène en grillant les paliers qui le mènent en surface, là où la vie résiste.

« Elles ont été transférées au service adapté, dans le bloc voisin.

— Où se trouve-t-il ?

— Au fond de ce couloir, deuxième porte sur la gauche. Vous traversez l'allée. »

L'homme poursuivit ses phrases mais nous n'étions plus là.

Ni nos larmes ni nos cris ne ramèneraient Marie. Elle était retournée vers ces constellations qui l'avaient enfantée. Et, dans une ultime révérence, elle remerciait ce monde à l'âge de vingt-sept ans.

Comment trouver la paix alors ?

Je n'avais pas eu le temps de lui dire au revoir.

Trop tôt, trop vite, trop dur, trop violent, trop injuste… Trop. Bien trop pour mes épaules et mon cœur d'incapable.

Mais il y avait nos filles à quelques pas de là. Et cela me sauva. Comme trois petites lueurs dans l'immensité sombre vous montrent le chemin, trois invincibles phares au cœur de mon néant, Chloé, Prune et Victoire m'insufflèrent l'étincelle.

48

La course aux étoiles

Les yeux noyés de larmes dans les immenses couloirs sans fin de ce gris labyrinthe, je fuyais l'indicible. Toute ma vie défilait dans ma caboche froissée : mon enfance, mes rêveries, mes égarements de l'âme, mes victoires, mes défaites et mes nombreux regrets.

Mes abysses, mes errances, mes papillons perdus, ce sentiment étrange, et puis ce doux visage.

Marie, Marie, Marie…

Marie.

Aimer.

Marie.

Tout revint en cascade.

Je suivis la lumière jusqu'au bloc annoncé, à courir comme un dératé, lorsque, derrière cette vitre froide, elles m'apparurent enfin.

Pépites emmitouflées, miraculées du jour, dans ces refuges de verre où elles étaient nichées, mes trois raisons de vivre couvaient, en silence. La vie chantait ses droits tout au cœur du chaos, comme les fleurs poussent parfois aux cicatrices des murs.

Minuscules, elles tenaient en une main. Trente centimètres à peine, dix doigts microscopiques et un cœur pour chacune.

Le mien battait pour elles. Tant de larmes de sang, tant de larmes d'eau douce. Deux eaux se mélangeaient, comme lorsque les rivières rejoignent l'océan et que l'on voit clairement deux couleurs se confondre.

Au nez des turbulences, je contemplais la vie avec des yeux nouveaux, pupilles d'humanité.

Une voix délicate vint alors me cueillir. On aurait dit la sienne :

« Pardonnez-moi ? Monsieur ? Seriez-vous le père de ces trois petites filles ? »

À regarder mes yeux, elle obtint sa réponse. La toute jeune infirmière me tendit un mouchoir et, comme un cri du cœur, toute déontologie écartée, me serra dans ses bras. Quand votre monde s'écroule, ce sont ces petits gestes qui vous maintiennent debout.

« Courage, monsieur. Ne perdez pas espoir. Au-dessus des nuages, vous trouverez le soleil. »

Je demeurai silencieux mais elle lut dans mes larmes que je la remerciais.

« Elles sont magnifiques, vos petites. On dirait trois angelots. »

Je m'essayai à la parole. À peine enfantés, les mots mouraient sur ma langue.

« Pardonnez-moi : laquelle des trois a vu le jour en dernier ? »

Elle me montra du doigt la couveuse sur ma gauche. Et pour la première fois, entre deux forces contraires et comme un paradoxe, je découvris Victoire.

Victoire…

Fallait-il se réjouir ? J'allais y réfléchir encore quelques années à ce prénom choisi que Marie me léguait.

Voilà.

La suite n'est qu'un dédale de sombres solitudes. Une longue traversée dans un désert de glace. Du moins, les premiers temps.

Je pourrais faire état de mes colères internes, de cette rage indomptable qui me fit me courber, vous dire que j'ai pleuré à assécher mon corps et que j'envie les morts quand je passe au cimetière. Vous parler de Pierrot qui prit vingt ans d'un coup et noya son chagrin dans ses bouteilles de rhum, de Lola qui s'enfuit vivre à cent lieues d'ici pour construire un avenir à l'ombre de sa peine, compter mes traumatismes… Mais je n'y céderai pas. Par amour pour nos filles, je me dois d'avancer, de penser à demain et aux bonheurs possibles, si passagers soient-ils.

Il faut vivre voilà tout, les pertes et les gains. Savourer chaque victoire, chaque sourire, chaque « papa », chaque « Je t'aime », chaque étreinte, chaque rentrée à l'école.

Mon cœur a su opter pour de verts horizons, pour un bouquet de vie. Car en dépit de tout, cette insoutenable perte me mena jusqu'ici, en ce jardin d'Éden, entouré de mes filles.

49

Le Blajoux

Sept ans plus tard

Sept années s'écoulèrent aux grains du sablier. Sept ans d'absence, d'un deuil qui jamais ne se fit, comme le voudrait la formule insensée.

Mais sept ans d'une vie faite d'amour, de larmes et de joies. Car les filles m'ont porté au-delà des limites que je me dessinais. Toutes trois sont depuis mon plus bel univers, mes raisons de siffler quand le navire chavire. Et puis, elles sont Marie, chacune à leur manière, dans leur déclinaison.

Chloé a son sourire, sa joie intérieure. Pétillante et légère, elle est un arc-en-ciel sous les cieux menaçants. Dans ses yeux, l'amour murmure. Curiosité sur pattes, chaque broutille la questionne. Elle dévore l'univers avec gloutonnerie et ses mains touchent à tout. Son rêve : devenir docteur, comme elle dit et « souffler les bobos » pour « courir le bonheur ». Marie l'a imprégnée.

Prune est brune comme sa mère, elle a les yeux velours. C'est bien la plus coquette. La plus énigmatique aussi. Elle cultive ses secrets et parle avec ses anges comme une vraie bohémienne. Lunaire, réservée, elle habite à elle seule des mondes imaginaires. Deux longues nattes brunes lui glissent dans le dos et lui servent d'antennes pour sonder l'avenir. Elle sera exploratrice ou diseuse d'aventures, c'est ce qu'elle aime à dire.

Et puis il y a Victoire qui porte bien son nom. C'est la plus téméraire. Elle n'a peur de personne et se donne sans compter, s'octroyant pour mission de protéger ses sœurs. Une enfant explosive, inflammable et douée, au cœur chocolat sous ses airs de soldat. Elle n'a rien d'une « chougnieuse ». Coupe au bol, reflets roux, elle est un peu garçonne et mène seule ses combats, nous répétant sans cesse qu'elle sera présidente pour remettre de l'ordre sur cette fichue planète.

Et lorsqu'elles batifolent dans leurs cabanes de fortune, c'est l'aura de Marie qui encercle leurs jeux. Comme si dans la joyeuse ronde de leurs ébats, Marie se tenait, sereine et vigilante. Prune nous dit qu'elle l'entend le soir quand elle « dodotte » et que « maman va bien tout là-haut dans le ciel ». Je la crois simplement parce qu'il est bon d'y croire.

Quant à moi je lui parle, lorsque je suis tout seul, à toute heure, par tous vents. Il arrive quelquefois que je l'entende répondre. Du moins, je m'imagine ce qu'elle me répondrait… Je n'oublie pas sa voix.

À certaines occasions, un parfum familier traverse les ruisseaux, s'offre à moi et signe sa présence.

Je n'ai pas pu rester aux abords du manoir. Nous nous sommes installés dans un petit hameau, en Ardèche, loin du vacarme du monde. Sanilhac est son nom.

Ce verdoyant chapitre ouvert il y a sept ans réenchante notre histoire autant qu'il la poursuit.

Et dans notre jardin embrassant la forêt, vogue un petit ruisseau que l'on nomme le Blajoux. Les filles aiment s'y baigner et chasser les grenouilles. C'est un peu leur bastion à nos Manon des sources. Je leur apprends la vie, du moins ce que j'en sais.

Chaque anniversaire me rappelle ce sentiment étrange fait de tristesse et de fierté. Mais leur vitalité, leur présence l'emportent. Quel bonheur d'être là et de les épauler. Je m'y sens à ma place, bien que l'assise soit raide. Rien ne rompra jamais ce solide fil d'Ariane qui me relie à elles et me guide dans leurs pas car elles sont mon chemin.

Il m'arrive souvent de penser à Pierrot et j'ai un peu de lui quand je protège mes filles. Je pense à ses allées qu'elles ne piétineront pas, à ces « gangsters en jupettes » qu'il ne poursuivra pas de ses éclats de voix. À ces rêves volés… À ses joies envolées. Il ne s'est pas remis du départ de Marie, je suis triste pour lui et sa roue d'infortune. À jamais le 20 décembre restera en son cœur un impossible anniversaire.

Lola nous rend visite deux ou trois fois l'année et passe quelques nuitées. C'est une tata gâteau. Elle retrouve en chaque fille une « pièce » de Marie et reconstruit son puzzle avec mélancolie.

Et puis, il y a Yvonne qui est restée là-bas, fidèle aux vagues. C'est une femme océan, protégée par les digues.

Elle s'occupe de Pierrot depuis que dame Thérèse a rejoint à son tour sa douce constellation. Je les soupçonne parfois d'être plus qu'ils ne le disent. Qui sait ?

Barbitus, quant à lui, aura passé sa vie entière sans sourire. Il est mort l'an dernier dans un ultime rictus, dans les pas de son chien qui depuis l'a rejoint.

Et au milieu du tout, il y a ce cœur qui bat. Il bat pour qu'elles s'envolent et portent dans leurs ailes des lendemains qui chantent.

50

Joyeux anniversaire

Nous fêtons aujourd'hui les sept ans de nos filles. Et en ce jour à part, j'ai une lettre à ouvrir.

Quelques semaines après sa disparition, elle m'était parvenue comme un cadeau des cieux. Marie l'avait postée dans la boîte à pépites de leur berceau. Elle avait tout prévu. L'enveloppe avait été scellée à la cire rouge et l'on pouvait y lire : « Pour elles, pour nous. Quand elles auront sept ans, l'âge de raison. » Je l'avais abritée dans mon bac à souvenirs, au milieu des breloques qui paillettent cette histoire. Les petites le savaient qui l'avaient entrevue par hasard en jouant.

Nous y voici. Enfin. L'enveloppe, elle, est intacte. Il y flotte son parfum comme un peu de sa voix. Avec une infinie précaution, j'en extirpe la lettre devant mes petites filles impatientes.

Pour en-tête familier, comme une bénédiction, les mots du vieil Arthur : « Aux générations futures, qui devront se soucier d'aimer chaque seconde, le doux comme le sévère, jusqu'à la fin des temps. »

Assises en ronde, au pied de la cheminée :

« C'est la lettre de maman ? demande Chloé, timide.

— Oui. C'est la lettre de maman.

— Celle qu'elle nous a écrite avant d'aller cueillir les étoiles ? »

Le moment est venu de l'ouvrir. L'interdit est levé.

« Lis-la, papa. Lis-la. »

Victoire ne tient plus.

Cela fait bien six semaines qu'elles attendent ce moment, décomptant les dodos.

« Plus que deux dodos, papa… Plus qu'un dodo… »

Toutes trois ont un rapport si paisible à la mort, si poétique en somme. À savoir que leur mère vit là-haut dans le ciel, elles acceptent la chose avec cette innocence que le temps m'a ôtée, au fil des coups du sort, du refus de sa mort, des silences qui l'entourent. Mais elles, en ce lieu préservé, gardiennent avec délice tout leur émerveillement et l'évidence d'aimer virevolte en chacune.

Ému, je redécouvre cette écriture, ces lettres arrondies, les mêmes qu'elle déposa huit ans auparavant sur mon front d'étourdi. Et je lis à voix haute avec toute ma pudeur et mon amour de père ces mots incandescents. Récit d'une vie d'amour, de larmes et d'espérance, ses sourires me reviennent, et je la laisse conclure avec ses mots à elle. Ses mots sont notre histoire.

Mes chères petites filles,

Si vous lisez ces mots, c'est que je ne suis plus, du moins plus sous vos yeux.

Mais de là où je vous parle, la vue est dégagée.

Je vous vois, vous entends, je reçois vos prières.

Chacune berce mon âme. Et pour vous remercier, je vous envoie mes anges lorsque vous avez mal afin qu'ils sèchent vos larmes. Quand vos poils se hérissent, vous sentez leur présence, quand votre cœur palpite, c'est qu'ils sont près de vous.

Je vous sais toutes trois sensibles et amoureuses. Et c'est là l'essentiel. Sachez qu'en vous sommeille un petit peu de moi, que rien ne peut dissoudre : nous sommes faites du même bois. De ce bois sans frontière que votre père vénère, lui qui vous aime tant. Savez-vous qu'il peut tout fabriquer de ses mains ? À l'aube de votre vie, le berceau a parlé mieux qu'on ne le ferait. Vos yeux émerveillés ont bien compris ses mots faits d'orme et de lavande. Il saura vous construire des cabanes dans les arbres, de celles qui ne peuplent aucune forêt. Laissez-le vous apprendre à travailler le bois, et passez sous l'horloge pour y graver nos noms.

Nous vous aimons tellement que chaque petite cellule qui peuple votre corps est au courant de cela. Chacun de vos cheveux est fait de cette lumière. Et je vis sur vos lèvres, je rosis sur vos joues, je palpite dans vos cœurs et je ris avec vous du bonheur d'exister.

Ma Chloé, ma Prune, ma tendre Victoire. Nous nous retrouverons. Je vous en fais promesse. Et je pourrai enfin vous serrer dans mes bras. Mais ne vous plaignez pas. Ne soyez ni pressées, ni tristes, ni amères. Croyez juste en mes mots. Ils sont faits de passion et de ces évidences que seul l'amour fait naître.

Profitez de cette vie comme d'un cadeau des cieux et n'oubliez jamais que vous êtes faites d'étoiles. Parlez-moi quand la vie vous fera des misères, et je vous écouterai. Ayez confiance en vous, mes tendres bohémiennes, et aimez votre père à lui donner des ailes. Couvrez-le de bisous, sautez sur ses genoux, chevauchez ses épaules, elles sont taillées pour ça. Un papa, c'est solide, c'est tendre, c'est pudique, mais ça pleure quelquefois et ça ouvre ses bras... Allez vous y blottir, ils sont construits pour ça.

Voilà, mes petites filles, ce qu'il fallait vous dire. Dégustez cette vie, cherchez en vous la perle que les dieux ont cachée, vibrez de cette quête et sachez que vous êtes tout autant dans mon cœur que je vis dans le vôtre.

Votre maman,
Ton âme sœur,
Marie

51

Les papillons

Une minute de silence couronna sa lecture. Ses filles le regardèrent avec tout ce que la tendresse peut offrir à des yeux d'enfant. Marie était en elles. Leur chair de poule naissante avouait sa présence. Et leur cœur palpita. Dans un même élan, leur ronde se défit. Victoire chevaucha ses épaules, Chloé sauta sur ses genoux, Prune se blottit dans ses bras… Une grappe de vie l'assaillit dans des éclats de rire. Dans une joyeuse confusion, il les entendit dire qu'elle l'avait toujours su, mais jamais entendu… L'innocence ne les avait pas quittées, et cette lettre lui rendait une part de la sienne. L'âge de raison pouvait attendre, il se laissa chérir.

Une douce sensation l'enveloppa comme une vague de soie. La paix retrouvée.

Chloé vit sur sa joue s'échapper une larme.
« Tu pleures, papa ? »

Il pleurait en effet, comme allégé d'un poids dont on le délestait.

Toutes trois s'accrochèrent à son corps.

« On est là, nous, lui dirent-elles, le couvrant de baisers.

— Joyeux anniversaire, mes filles », murmura-t-il.

D'un même geste, ses épaules s'allégèrent, elles se désarrimèrent et Victoire, de sa claire voix guerrière, lança ce cri de ralliement :

« Tu nous aides à faire une bonne femme de neige, papa ? »

Alexandrin sourit.

Elles exultèrent, heureuses. Et il les contempla s'éloigner, puis courir ensemble dans les herbes blanches.

À déployer leurs ailes, elles virevoltaient gaiement dans la fraîcheur du soir. Et, du seuil de la vieille grange qui jouxtait la maison, ses filles avaient au loin dans le ciel coloré, l'allure et la splendeur de papillons ardents.

C'est alors que dans l'âtre, une étincelle jaillit.

Délicat crépitement.

Comme un doux battement d'ailes…

Mais se sentir plier sous le poids formidable des vies
dont un beau jour on s'est fait responsable
[...]
Aider une existence à continuer sa course,
et pour cela se battre à s'en user le cœur...
Cette fatigue-là, Monsieur, c'est du bonheur.

ROBERT LAMOUREUX,
« L'éloge de la fatigue », poème

Remerciements

J'ai croisé en chemin quelques belles âmes qui m'ont aidé à y croire. Aussi, je remercie ces précieux compagnons de route que sont Vincent Lahouze, Cali, Guillaume Blankass, Hélène, Mathias Malzieu, Olivia de Dieuleveult, Laurence et Jean-Marc Besson, Aldebert, Alain Paré, Marie Torti et la fondation Inter Fréquence, David Mennetret, Stéphane Weibel, Marie-Céline Baradel, Pascal Mangin, Marie Misandeau, Delphine Roché, Mickaël Cunha, Angélique Vimont, Sabine Mille, Catherine Troller et les passionnantes équipes du cherche midi.

D'un même élan, je salue toutes celles et ceux qui m'accompagnent et me soutiennent depuis plus de dix ans dans mes déambulations poétiques : ma famille, Mickaël Gregorio, Charles Desservy, Guillaume et Émilie Husson, Jeff Delort, Lisette Magique, Jean Pierre Beal, Nadia et Jean-Phi, Mickäel Boudot, Pauline et Alexandre, la ville de Reims, ma fidèle équipe musicale et les joyeuses troupes d'Ulysse-maison d'artistes.

J'embrasse enfin et avec une admiration certaine, ma mère, qui m'aura définitivement transmis son amour des mots.

Puissiez-vous, chères curieuses, chers curieux, faire voyager ces *Papillons*.

Avec toute mon affection,
Barcella.

Ce premier roman a bénéficié du soutien de la Région Grand Est, dans le cadre de la bourse d'aide à la création littéraire.

La fondation Inter Fréquence accompagne elle aussi cette aventure artistique.

Grand Est
ALSACE CHAMPAGNE-ARDENNE LORRAINE
L'Europe s'invente chez nous

INTER FRÉQUENCE
Fondation sous l'égide de la Fondation de France

Table des matières

Composition et mise en pages
Nord Compo à Villeneuve-d'Ascq

Composé par Nord Compo
à Villeneuve-d'Ascq (Nord)

Imprimé en France par

Maury Imprimeur
à Malesherbes (Loiret)
en mai 2022

N° d'impression : 262629
Dépôt légal : mai 2022
S32297/01